清秀佳人

目錄

★【推薦序】

蔡淑媖（中華民國兒童文學學會秘書長、磚雅厝讀書會擔任會長）

讓經典名著串起代代閱讀的記憶

好的故事不會被時代所淘汰，好的故事總是一代傳一代，而在閱讀的時候，你不會覺得它不合時宜，也不覺得它很古老。

還記得女兒四歲時，我與她一同觀賞改編自《清秀佳人》的卡通影片，她著迷於紅髮安妮的表現，我則體會著瑪麗拉兄妹為人父母的心情。當安妮要離家求學時，瑪麗拉捧著安妮小時候的衣服背對著鏡頭哭泣，她感嘆時光過得太快，我忍不住也哭了。這時，女兒抱著我說：「媽媽，我不會那麼快長大，我不會離開你的。」童言童語惹得我破涕為笑。**經典故事就是這麼能跨越時空，同時打動兩代人的心。**

這套書裡面的故事都曾被改編成影片，因此，很多人即使沒有看過書，也都知道這些故事，而知道故事後再回來讀這些書，那感覺就像和老朋友會面一樣，既溫馨又甜蜜。

例如，改寫自中國長篇歷史故事的《岳飛》和《三國演義》，可說家喻戶曉，大家多多少少都知道一些精彩片段，若能重新再透過文字咀嚼一次，將片片段段組合起來，那不完整的印象便具體了，成了可以跟孩子分享的材料。

而《安妮日記》紀錄一段悲慘的歷史，透過一個小女孩的眼睛，讓大家看到戰爭的殘酷及人權被迫害的可怕，世界上人人生而平等，不管膚色、種族、性別，大家都有同樣的生存權利，這樣的態度在現今世界更需要存在。

談到「生存權利」，自然想到《海倫．凱勒》這本書，一個又聾又盲的女孩，要如何活出自己呢？在那個科技不是很發達的時代，聽不到、看不到的孩子要如何學習呢？想起來就讓人充滿無力感，可是，沙利文小姐憑著無比的耐心，對海倫循循善誘，讓她的人生出現了光明，這是非常激勵人心的真人實事，在我們佩服海倫之際，同時想想自己是否有克服困難的決心，大人小孩互相勉勵！

同樣以小女孩為主角的故事《海蒂》，敘述一位自幼失去雙親、由姨媽撫養的女孩，五歲那年被帶到阿爾卑斯山的牧場和爺爺生活，三年後又被帶到城市陪伴不良於行的小姐，女孩雖然樂觀開朗，卻壓力過大出現夢遊情形，最後重回她念念不忘的牧場，開心的過著簡單而幸福的生活。不同於小女孩的成長故事，屬於小男孩的《湯姆歷險記》則展現了另一種生活樣貌；而從男孩的冒險到青年的冒險，《魯賓遜漂流記》裡的主角則帶讀者遠航到更遠的地方，度過不可思議的荒島生活。不同於湯姆和魯賓遜在大自然中的冒險，《環遊世界八十天》的福克先生帶著我們馬不停蹄的繞著地球跑，過程刺激極了；更刺激的是《福爾摩斯》與華生的偵探故事，會讓人腦筋跟著動不停。

閱讀可以解放禁錮的心靈，讓人「身處斗室、心去暢遊」，當你的心乘著想像的翅膀飛向千里之外時，就像真的經歷了一趟豐富的旅行，這種美好的體驗，孩子們一定要擁有。

經典名著歷經數百年依舊在世上流傳，一定有它立足不墜的地方，不管家長陪孩子或老師引領學生，這些作品都是很棒的選擇。讓大家一起來閱讀經典作品，串起代代閱讀的記憶吧！

林偉信（台灣兒童閱讀學會顧問、誠品文化藝術基金會「深耕計畫」顧問）

這套【影響孩子一生的人物名著】系列中的主角們，沒有因為自己的出身或是生活環境的困頓，自我設限，自怨自艾，反倒都是**努力掙脫宿命的桎梏，積極追求生活中的各種可能發展**，創造出各種新的意義，為自己的人生書寫出一篇篇撼動人心的美麗篇章。藉由閱讀這些「人物」的故事，我們不僅可效法他們的典範，激勵心志，有勇氣去面對與克服人生中各式各樣的困難與挑戰，並且，也因為透過故事的閱讀，讓我們了解：「每一個人的作為背後都會有一段故事」，因此，在生活中，就更能了解個別特質、尊重差異，給予他人更大的關懷與慈悲。

張璉（東華大學歷史系教授兼圖書館前館長）

兒童接觸閱讀，多半是從寓言、傳說，或者童話、神話故事起步，在充滿異想、奇幻式的萬花筒世界中，可激發兒童豐富的想像力與好奇心，即便如卡通或兒童電玩也不例外，皆以饒富想像、靈活幻化的情節為題材，然後寓教於其中，逐步導引兒童認知這個多采多姿的世界。

人物故事或傳記就大不同了，不論是文學體裁或以傳記、日記的形式，都是以現實生活為場景描寫人生故事，與充滿想像、不受框限的題材迥異。現實人生既不幻化，也缺乏異想，更不似神話，**人物故事或傳記裡的主人翁，在現實世界中或因堅毅的生命、或品格操守、或智慧卓絕、或不畏艱險等等，不同的人生經歷皆可做為孩子們學習效法的典範。**

目川文化精選十冊人物故事叢書，有中外文學名著、日記及人物傳記，非常適合中高年級的兒童閱讀。大部分的小朋友不大主動閱讀人物傳記，需經家長或老師的引導，為他們開啟另一扇窗。閱讀人物故事，能更認識這個世界與中外古今人物典範。

讀安妮的日記，彷彿通過一位猶太少女的雙眼，看見為避納粹迫害而藏於密室的悲慘世界，也從安妮坦誠而幽默的文筆，讀到在艱困中的心靈成長。從命運坎坷的海蒂身上，可嗅出天真樂觀的特質，終而翻轉了頑固的爺爺，也改變身障富家千金的人生觀。從湯姆的歷險，看到一個古靈精怪的頑皮少年，在關鍵時刻竟然變得勇敢而正義。又如，熱愛航海的魯賓遜，不幸漂流至荒島，為了求生存，怎樣在孤絕環境下發揮強大意志力與求生本能，令人好奇。從福爾摩斯的辦案，可學到邏輯推理、細微觀察與冷靜縝密的思考。再如，精忠報國的岳飛，力圖恢復失土，率領大軍討伐金軍，卻遭奸人所害，雖壯志未酬，但他堅貞愛國的情操永留青史。中國「四大奇書」之一的《三國演義》，從劉關張到魏蜀吳，從諸葛亮到司馬懿，鮮明的人物形象與詭譎的智謀，既是談亂世的歷史，更是談仁義節操與智慧人生。

在眾多書海中，尤以人物故事對人們的影響最深，書中的主人翁能深入孩子的內心世界，與之同喜同悲，「品格教育 6E」第一步就是樹立典範（Example），因此，必須慎選優良的人物故事，不僅獲得人生智慧，更是品格學習的榜樣，為孩子及早建立形象楷模與正確的價值觀。

李博研（神奇海獅、漢堡大學歷史碩士、「故事：寫給所有人的歷史」專欄作家）

「想讓孩子揚帆出港，重要的不是教給他所有航行的知識，而是讓他渴望海洋。」這句話我一直銘記在心，在做文化推廣的漫漫長路上，這也一直是我的初衷。當孩子開始對一項事物感興趣，他自然而然會開始學習一切必要的知識。目川文化的〈影響孩子一生名著系列〉精選平易近人的十本經典【世界名著】、十本【奇幻名著】，到現在的十本【人物名著】，相信能讓孩子從閱讀故事的樂趣中，逐步邁入絢爛繽紛的文藝殿堂，實屬今年值得推薦的系列童書！

陳之華（知名親子教養、芬蘭教育專家）

許多父母總會心急又關切地詢問：孩子的成長中，有哪些是必備的養成養分？**我總以為，閱讀習慣的養成、閱讀興致的培養，是極重要的一環。**我兩個目前已成年的女兒，在孩童階段，就有多元與豐富的閱讀經驗，除了圖書館的借閱外，也在家裡的書堆中長大。

家裡的各類叢書，宛若一個小型圖書館，彙集許多經典書冊和孩子喜愛的兒少著作。這些書常常營造出一種氛圍，在每日的生活中，成了看似有形卻無形的一種吸引孩子去接近它們的養分。有書在家，不僅帶給孩子一個有故事、有各種插畫與繪圖的環境，也會讓她們感到心有所屬，更讓她們在每隔一段時日中，總會再次拾起同一本書去閱讀，因而產生年歲不同的領悟。

近日一項由澳洲國立大學進行的研究指出，**孩童在幼年時期，家中的藏書、叢書愈多，孩子在日後的認知能力與知識發展的表現，都將更佳。**的確，孩子往往能透過不同的故事，開拓他們對世界的認知能力與想像力，目川文化出版的【影響孩子一生的人物名著】系列中，涵蓋了十本東西方精采可期的人物故事，有二戰時期飽受納粹迫害的《安妮日記》、紅髮俏皮的加拿大女孩《清秀佳人》、美國兒童名著《湯姆歷險記》、瑞士阿爾卑斯山上的《海蒂》、成就不平凡自我的美國聾盲《海倫．凱勒》、流落荒島二十八年的《魯賓遜漂流記》、英國紳士的《環遊世界八十天》、英國著名偵探《福爾摩斯》、精忠報國的《岳飛》，以及非讀不可的中華經典《三國演義》。

閱讀這些已然跨越了年代、國家與文化的經典人物傳奇，認識有別於自己成長環境的國度、歷史和文化背景，透過閱讀書中主人翁的成長、生命或冒險故事，孩子將有機會學習到韌性、勇氣、堅持、寬度、同理等能力。而從這些不同的角色中，孩子也必然有機會從中對比或想像一下角色互換的情境與心境，從而了解自己可能的想法、勇氣與作為。

陳孟萍（新竹縣竹中國小閱讀寫作專任教師）

孩子的成長與學習需要典範！

閱讀一本好書，彷彿站在巨人的肩膀上，讓人看到更高更廣闊的世界；從書中人物所經歷的種種困境，更可以讓人在閱讀時感同身受，獲得共鳴。這一套【影響孩子一生的人物名著】，**正有如此的正向能量，能給予孩子們成長時內化成學習的養分**：

《安妮日記》在安妮的身上學到不向逆境低頭的正向人生觀。

《清秀佳人》在安妮．雪莉的身上看到堅持到底的毅力。
《海倫．凱勒》從海倫．凱勒的奮鬥懂得珍惜自己所擁有的一切。
《海蒂》在海蒂的成長中見證永不放棄的力量。
《湯姆歷險記》從調皮善良的湯姆身上，看到機智勇敢讓人激發出前進的動力。
《環遊世界八十天》在福克先生的冒險中，體會隨機應變、冒險犯難的精神。
《福爾摩斯》冷靜思考、敏銳觀察是福爾摩斯教會我們的事。
《魯賓遜漂流記》在孤立無援時，勇氣與希望是魯賓遜活下來的支柱。
《岳飛》直到生命最終仍然恪守「精忠報國」的誓言，是岳飛為世人樹立的典範。
《三國演義》從歷史事件鑑古知今，在敵我分明的史實中見賢思齊，見不賢內自省。
強力推薦這系列經典名著，給正值青春年少的孩子們最棒的心靈滋養！

許慧貞（閱讀史懷哲獎得主、花蓮明義國小閱讀推動教師）

為什麼要讀「人物傳記」的書

是什麼樣的人物，能夠經過時代的考驗，創造出一片屬於自己的天地，留下值得紀錄的典範？藉由人物傳記的閱讀，我們可以在這些名人身上，找到很多值得學習的美好特質，這對還在學習階段的孩子而言，可以說是相當重要的閱讀資源。

在孩子成長的過程中，難免不只一次地被問到：長大以後要做什麼？多數孩子的答案，可能也就是醫生、律師、老師、科學家……之類，很容易獲得大人賞識的標準答案，至於那是不是自己心底真心的期盼？可能都心虛地答不上來。

或者，未來對孩子來說還遙不可及，充滿了未知的變數，但同時也有著無限的可能，在滿懷期待與盼望的年少時代，**孩子多讀一本傳記，就像多交了一位豐富的朋友**。此時，讓孩子看看書裡的人物是如何認真的過日子，辛苦的為著理想奮鬥，其中的過程或許滿是挫敗，但他們終究還是闖出了屬於自己的一片天。

透過這些人物的故事，孩子或可從中領略出自己將來想成為一個什麼樣的人，而他們曾經走過的路，遇過的挫折，也將成為孩子人生路上最好的借鏡。

陳昭珍（臺灣師範大學圖書資訊學研究所優聘教授兼教務長）

陪伴所有父母親長大的不朽經典兒童名著！

劉美瑤（兒童文學作家、台東兒童文學所）

關於書籍規劃，目川文化真的很用心，尤其是在翻譯上面字斟句酌，讓整部作品讀來更有韻味，在上一套影響孩子一生的【奇幻名著】中，力邀我為每一本深入撰寫每部作品的文學價值。新的這套【人物名著】，選作兼顧中外名典，角色豐富，有勇猛剛毅的男主角、調皮卻不失真誠的頑童、慧黠溫暖的孤女，以及陷於逆境卻始終向陽生長的堅毅女孩。這套作品中，我尤其喜歡用微笑感動他人的海蒂，以及善於用文字逐夢踏實的清秀佳人安妮．雪麗。我推薦大小朋友們繼續支持，因為讀者不僅**能從作品裡的每一位人物身上汲取到愛的溫度、明亮的思考**，更重要的是藉由閱讀他人的故事，我們能擴展看待事情的角度，學會用兼具勇敢與溫柔的態度去面對未來的挑戰。目川文化【影響孩子一生的人物名著】，真誠推薦給您！

林哲璋（兒童文學作家、大學兼任講師）

莊子說：「寓言十九，重言十七，卮言日出，和以天倪。」意思是指他教導人明白「道」的方式，百分之九十用寓言，百分之七十用「重言」。「重言」者，為人敬重者之言（行）也。在兒童文學裡，就是傳記和人物小說。

目川文化在先前的影響孩子一生【奇幻名著】系列，已經將「寓言」的部分實踐；現在熱呼呼出爐的人物系列，正準備展現「重言」的傳道之效。【人物名著】系列，引導兒童向書中人物（傳記人物，寫實小說人物）學習仿效，由這些書中人物現身說法，或許比親師再多遍的言教都還管用，不是這麼說的嗎——身教重於言教！有些時候，平凡的我們不一定擔當得起身教之責，但沒關係，傳記裡、寫實小說裡有！

目川文化的兒童名著系列，有寫實的虛構，有虛構的寫實，充分融合了言教與身教。**這套【人物名著】每本書裡還準備了「專文導讀」，介紹時代背景及作者生平和故事理念，融合感性與知識性讀物的元素，一舉而數得。**

陳蓉驊（南新國小推廣閱讀資深教師）

鼓勵孩子學習典範

「模仿」是孩子的天性，孩子會看著父母、周邊親友、電視節目等行為而模仿著，所有進入他們年幼思想的印象都可能難以抹去，所以父母師長需要多製造機會，讓孩子接觸值得模仿的典範。除了父母的以身作則，透過閱讀人物名著讓孩子從各個角色的人格特質進行省思、批判與學習，漸漸成長形塑獨特的自己，是最值得推薦的方法。

這套【影響孩子一生的人物名著】規畫的書目包羅萬象，值得推薦：浪漫幽默的《湯姆歷險記》、溫暖感人的《海蒂》和熱愛生命的《清秀佳人》，讓孩子在輕鬆閱讀中看見青少年的勇敢正義、純潔善良與自力自強。充滿邏輯推理的《福爾摩斯》、呈現世界各地奇風異俗的《環遊世界八十天》，及征服自然的《魯賓遜漂流記》，可以讓孩子從成人身上學習到冷靜從容的理性態度、科學知識的運用與克服障礙的堅定意志。戰亂中求生存的《安妮日記》與創造奇蹟的《海倫．凱勒》，更能讓生活在和平年代、身體健康的孩子們感受在艱難困境中，仍對生命懷抱希望的努力與心路歷程。《岳飛傳》與《三國演義》裡流傳千古的民族英雄，想必讓孩子更覺親切。

故事中各個主角人物的鮮明特質、行為氣度與高潔品德，很容易獲得孩子的認同。父母師長不用對孩子費盡脣舌灌輸品德觀念，**只要鼓勵或陪伴孩子閱讀這些經典名著，帶著孩子一起認識這些典範人物，慢慢的，我們將在孩子身上看見美好的改變。**

專文導讀

游婷雅

閱讀理解教學講師

電台「閱讀推手」節目主持人

《清秀佳人》（Anne of Green Gables）是許多大人的共同回憶。有些人藉由小說認識安妮．雪麗，有些則是透過影集或動畫卡通愛上了紅髮安妮。這本一九〇八年出版的加拿大小說，在一九九〇年代的臺灣引發了一陣熱潮。從電影、舞台劇到電視影集、動畫卡通，幾乎每隔幾年就會有根據原著小說所改編的作品出現，讓這個故事以不同的面貌流傳至今已有一百多年。二〇一七年加拿大電視台CBC又再次推出全新的影集《勇敢的安妮》（Anne with an E），同樣是改編自《清秀佳人》原著，但內容放大了許多在原著中提到的重要議題，像是女性主義、性別刻板印象、霸凌、歧視等。

露西．莫德．蒙哥馬利（Lucy Maude Montgomery）這位百年前出生在加拿大的女性作家，究竟有著什麼樣的魔力，居然能撰寫出如此動人且古今皆宜、放之四海皆準

《清秀佳人》演員攝於綠山牆博物館前 *1

作者，蒙哥馬利女士 *2

的故事？其實，我們只要從蒙哥馬利女士的真實人生中便能看到安妮．雪麗的影子。讓我們認識一下《清秀佳人》的作者——露西．莫德．蒙哥馬利的真實生活以及她筆下的安妮．雪麗如何為全世界各世代的讀者們，在逆境生活中找到生命的出口。

故事的場景：愛德華王子島

蒙哥馬利女士一八七四年出生在加拿大的愛德華王子島，也就是《清秀佳人》中卡伯特兄妹——馬修和瑪麗拉——居住的綠山牆農莊所在地點。「愛德華王子島」聽起來就是個適合發展出美麗故事的絕佳地名，但這絕不是一個虛構的地方，而是作者真實人生中位在加拿大的故鄉。故事的主角安妮．雪麗一來到這裡，便對馬修說道：

「好美啊！河堤那棵樹渾身雪白，就像一位穿著白色禮服、披著薄霧般美麗面紗的新娘。……我常聽說愛德華王子島是世界上最美麗的地方。我經常幻想自己就住在這裡，現在，這就像是美夢成真！……咦，那些紅色的道路真有趣。這條道路為什麼是紅的？」

對於安妮提出的這個問題，馬修回答：「我不知道。」而書中自始至終也沒有告訴讀者答案。原來，這是因為愛德華王子島上的土壤富含鐵質所以呈現紅色，讓道路看起來就像鋪上紅毯般，呼應著安妮想像中的那位白紗新娘。

作者，十歲 *4

愛德華島風光 *3

故事的主人翁：安妮·雪麗

蒙哥馬利女士出生不到二歲時，母親便因病去世，她隨即被送往外祖父母家接受照顧。據說她的外祖父母生性節儉，對她的教養方式頗為嚴苛。這種嚴格約束的教養方式使得蒙哥馬利女士的童年非常孤獨。孤獨的她在腦海中創造出一個想像中的世界，以及許許多多想像中的朋友，幫助她度過苦悶難熬的生活。這也是《清秀佳人》裡的主人翁——安妮．雪麗的寫照。這位從小失去雙親、在寄養家庭和孤兒院裡長大的女孩，在自己的腦海中那個不受到他人入侵的想像世界裡，將自己的遭遇幻想成童話故事般的情節，每當受到凌虐、欺侮時，都有想像中的朋友給她慰藉。

安妮．雪麗一來到綠色山牆農莊，便從瑪麗拉口中得知，自己不是卡伯特兄妹原先想要的「男孩」，這讓她頓時從天堂掉進絕望深淵。痛哭了一整夜之後，隔天的安妮卻對瑪麗拉和馬修說道：

作者的故居 *5

「清晨的時候，這個世界是多麼美麗啊！……真高興綠山牆農莊附近有條小溪，我會想念它的。……我會想像你們還是要我的，我可以永遠住在這裡。……世界似乎不像昨晚那樣混亂了。早晨陽光普照……很高興今天是晴天，晴天使人心情愉快，比較忍得住痛苦……」

故事接近尾聲時，原本打算以考取的獎學金到外地繼續深造的安妮，因為馬修的驟逝以及瑪麗拉的視力出現危機，迫使

綠山牆農莊 *6

安妮重新規劃未來；瑪麗拉不願安妮為了自己而犧牲大好前途，然而安妮卻對瑪麗拉說了以下這段話：

「我還像以前一樣雄心勃勃，我不過是改變了目標……我的未來像一條筆直的道路在我面前延展，沿路可以有許多里程碑。現在路上有了彎道。我不知道拐個彎會看到什麼，但是我相信那裡有值得期待的景致。那條彎道自有它的迷人之處。我不知道拐過去的道路通向哪裡，是否還有許多彎道、山丘和山谷，但是我會勇敢前行。」

這就是安妮・雪麗，或者說是露西・莫德・蒙哥馬利透過文字，將想像力化為從困境中帶來重生的力量。這股力量能夠自我療癒，讓渺小的自己透過想像力而變得強大，走出綠山牆，進而穿越階級、性別的圍籬。

綠山牆農莊 *7

讀一本雋永的經典人物小說，人生就會美好許多

一個星期六的清晨，安妮抱著滿滿一大捧樹枝，輕快地跑進屋裡喊道：「噢，瑪麗拉，十月是真太好了。如果從九月一下子跳到十一月，那就太糟糕了。你看這些楓樹枝，我要用它們來布置房間。」

「你從外面撿來一大堆亂七八糟的東西，會把房間弄得一團亂，」瑪麗拉不解風情地說：「安妮，臥室是睡覺的地方。」

「噢，也是做夢的地方。房間裡有這些美麗的東西，會讓人做出美夢。」

《清秀佳人》的安妮房間 *8

經典人物小說是勵志、激勵人心的書籍，也是讓人有夢想、理想的媒介。

讀一本像《清秀佳人》這樣的經典小說，就算是虛構人物，也可以讓我們的人生充滿夢想與抱負，讓生命美好許多。

第一章　初抵綠山牆農莊

瑞秋．林德太太住在艾凡利村大街的小窪地上，一彎小溪源自森林處湍急而下，在門前卻靜靜地淌流。她常坐在窗前凝望窗外的世界，任何從她眼前經過的事物，不管是小溪或是小孩都逃不過她銳利的眼睛。要是看見了可疑的事，她絕對要追查到底才肯罷休。

艾凡利村民大都具有這種關切鄰居的好心腸，但林德太太更勝一籌。她是個能幹的家庭主婦，不僅家事料理得好，又領導村裡的裁縫小組，還是教會婦女援助會和國外宣教的重要支柱。

艾凡利坐落在一座三角形半島上，三面環繞著聖．羅倫斯灣，出入村子都得從紅色土丘大街經過，所以一切當然都躲不過她的監視。

六月初的一個下午，陽光溫暖明亮，金色光芒從窗外灑了進來，林德太太一如往常坐在自家窗口，用犀利的目光盯著窗外。只見馬修．卡伯特穿著自己最好的一套西裝，平靜地駕著馬車，穿過山谷、駛上山坡。

馬修這次難得出門，想必是有什麼重要的事。內向害羞的他很少和陌生人打交道，不喜歡需要說話的場合，他盛裝打扮乘駕馬車更是少見。林德太太左思右想，怎麼也想不通。

「等吃完茶點，我就去綠山牆農莊，向瑪麗拉打聽馬修要去哪兒、去做什麼。」林德太太立即下了決定。

穿過狹窄幽長的小徑，林德太太沒花多少時間就到了綠山牆農莊。她暗自尋思：「住在這種遠離人群的偏僻地帶，怪不得馬修和他妹妹瑪麗拉都有點古怪。住在這種地方，根本不能算是生活，只能算是活著吧！」

林德太太從後院進去，只見蔥綠的院子被整理得整整齊齊，兩旁種著柳樹和白楊，地上乾淨得找不到殘枝和碎石。她敲了一下廚房的門，隨著一聲「請進」入內。門還沒關好，林德太太就注意到桌上擺著茶點，看來不像是要招待什麼特別的客人。向來靜謐但不神祕的綠山牆農莊，到底怎麼了？

「下午好，瑞秋。」瑪麗拉歡快地招呼客人，「傍晚天氣真好，是吧？請坐，你們的家人都好嗎？」

瑪麗拉長得高瘦，她的深色頭髮間夾雜著灰髮，在腦後絡成一個髮髻，顯得保守古板，好在她的嘴有幾分靈巧幽默。她和林德太太個性不同，兩人卻成了好友。

「我們挺好的。」林德太太說，「不過，當我看見馬修今天出遠門時，我還擔心是你身體不舒服呢。我以為他是去請醫生了。」

「噢，不是的，我沒事，雖然昨天頭疼得厲害。」瑪麗拉說，她早料到這位好奇的鄰居會登門來訪，「馬修去了光河車站。我們要從新斯科西亞孤兒院領養一個男孩，他會搭今晚的火車過來。」

如果瑪麗拉說馬修是去接一隻來自澳洲的袋鼠，林德太太也許還沒這麼驚訝：「你在跟我開玩笑吧，瑪麗拉？」

「不，我沒有在開玩笑。」瑪麗拉平靜地說，「一整個冬天我們都在思考這件事。馬修已經六十歲了，手腳沒有從前俐落了，心臟也常不舒服。我們請人捎話給史賓瑟太太，請她給我們挑一個年紀在十到十一歲的聰明男孩。這樣，他就可以幫忙做些雜事；而且這個年紀的孩子也已經能夠明白我們教給他的一些東西。我們會給他一個溫暖的家，還要送他去上學。他的火車會在今天下午五點半抵達。所以馬修要出門去接那男孩。」

林德太太對此事放言高論：「聽著，瑪麗拉，你正在做著一件冒險的傻事。你根本不知道史賓瑟太太會帶來什麼樣的孩子！上星期我還在報紙上讀到，說一對夫婦從孤兒院領養了一個男孩，結果他夜裡放火燒了房子，他們差點就被燒成灰燼。這種事情你還是別再想了。」

聽到這些話，瑪麗拉並不生氣。她不慌不忙地繼續織著手上的毛線，對林德太太說：「你說的話很有道理，瑞秋。我也有過疑慮。可是馬修對此下了很大的決心，他很少固執己見，所以我覺得我該為此讓步。至於冒險，就算是自己生孩子也是會有風險的。」

「好吧，我希望會有圓滿的結果。」林德太太無奈地說，「如果他放火燒了綠山牆農莊，或是往井裡投了毒藥，到時候你可別埋怨我沒提醒你——我聽說一個孤兒院的孩子就這麼做了，結果全家都喪了命。不過，那個孩子是個女孩。」

「對啊，我們又不是領養一個女孩。」瑪麗拉說，彷彿只有女孩才會往井裡投毒，不必擔心男孩會做那種事。

「我們從來沒想過要領養女孩子。」她又重複了一遍。

林德太太道別後，走上小徑喃喃說道：「真不可思議，綠山牆農莊竟然要多出一個小孩！馬修和瑪麗拉兄妹倆一點也不懂孩子，我實在無法相信他們能教養出好孩子，那個孤兒真可憐。」

馬修．卡伯特駕著馬車走在前往車站的路上，這條路挺美的，疏落有致的農莊散落在路兩旁。穿過冷杉樹林，空氣中瀰漫著蘋果園散發的甜香，草地順著斜坡迤邐到遠方地平線上。小鳥兒縱情歌唱，彷彿這是全年唯一美好的夏日時光。

馬修一路悠閒自在地來到車站，唯有途中遇到女士須點頭打招呼時會顯得不自在。除了瑪麗拉和林德太太外，他害怕所有女人，這或許和他的個性和長相有關。

他到達時沒看見火車，月臺上也幾乎不見人影，只有一位小女孩坐在盡頭。馬修認出是個女孩後，就側身快步走過。火車站站長正準備回去吃晚飯，他告訴馬修：「五點半的火車來過了，留下一個小女孩給你。我請她到候車室，可是她喜歡待在外面，說外面比較有想像的空間，真是個特別的小女孩呀！」馬修茫然地回答：「我來接的是一個男孩，不是女孩。史賓瑟太太會把他帶來給我的。」

「就是她領著那女孩下了火車，把她交給了我，她說你和令妹要領養她，會來接她的。我只知道這些了，不如你自己問問那女孩吧！」站長說完就走了。

那女孩約十一歲，身穿一件淡黃色棉上衣和淡藍色連身裙，頭戴一頂寬邊帽，帽底露出兩條紅色粗辮子，蒼白瘦削的小臉上長滿雀斑，顯眼的尖下巴，寬闊的前額，大眼睛活潑有神，還會隨著光線和情緒變成綠色或灰色，那張嘴看起來既甜又會說話。

馬修苦惱地向女孩走去。這時，女孩站了起來，向他伸出手說道：「我想您就是綠山牆農莊的馬修．卡伯特先生吧？」她的聲音清脆動聽，「我好高興看到您。剛才我還擔心您不來接我了。我已經打定主意，如果您不來，我就要走到轉彎處，那棵大大的野櫻桃樹下，在那裡待上一夜。我一點都不害怕，能睡在月光裡盛開的白色櫻桃樹下，想像自己是住在大理石大廳裡，多好啊！我有把握，就算您今晚不來，明天也一定會來。」

馬修尷尬地握住她骨瘦如柴的小手。他決定把難題留給瑪麗拉，將她帶回綠山牆農莊，讓瑪麗拉跟她解釋這個差錯。

「對不起，我來遲了。我們走吧！我替你提行李！」他羞赧地說。

女孩高興地回答：「我自己拿就好，它不重，裡面有我全部的家當。啊，我就要和你們住在一起、屬於你們了，這簡直太美妙了。我從來沒有真正屬於過任何人。在孤兒院我只待了四個月，但那已經讓我感到很煩躁了。那裡的人很親切，可是很難讓人有想像的空間。晚上我喜歡躺在床上幻想，不過白天就沒辦法，正因如

此我才這麼瘦吧，我常愛想像自己胖嘟嘟的漂亮模樣。」

馬修帶著小夥伴坐上馬車，經過兩旁盛開花朵的野生櫻桃樹和細瘦的白樺樹時，一根樹枝擦過車身，女孩折下來，打破沉默：「好美啊，河堤那棵樹渾身雪白，就像一位身穿白色禮服、披著薄霧般美麗面紗的新娘。我沒看過新娘，但我想像得到那模樣。我長相太普通，但卻希望有穿上新娘禮服的一天。我就愛穿漂亮的衣服，那是最大的幸福。可是今早我離開孤兒院的時候，就只有這一身舊衣裳可穿，我好難為情。上火車時，我覺得乘客好像都在可憐我，於是我開始幻想自己穿著淡藍色的絲質洋裝。……啊！好多櫻桃花樹開花了！我常聽說愛德華王子島是世界上最美麗的地方。我經常幻想自己就住在這裡，現在，這就像是美夢成真！……咦，那些紅色的路真有趣。這條路為什麼是紅的？這個問題我問過史賓瑟太太，她不知道，還拜託我別再問了，說我已經問她一千個問題了！」

「呃，我也不知道。」馬修說。

「那麼，以後我會弄明白的。這世上需要了解的事物太多了，我真為活著而感到高興，這世界真是充滿樂趣啊！不過我是不是太多話了？如果您希望我安靜，我會做到的，雖然這很困難。」

馬修聽得津津有味，儘管他感覺自己遲鈍的腦子很難跟上女孩的思維。「喔！你喜歡說就說吧！我不介意。」馬修說。

「喔，我太開心了！不必當個少說多聽的小孩真讓我放心不少，大家都取笑我喜歡誇大其詞，但偉大的想法就得用偉大的字眼表達，不是嗎？」

「好像很有道理。」馬修說。

「我問了史賓瑟太太許多綠山牆農莊的事，她說您家四周都是樹，我聽了很高興，我可喜歡樹了，但孤兒院只有兩、三棵可憐的小樹。那麼，綠山牆農莊附近有小溪嗎？」女孩問道。

「有的，就在房子的南邊。」馬修答道。

「那太好啦！我一直夢想住在小溪邊，沒想到夢想可以成真。我現在覺得幾乎澈底的幸福美滿了……不過，我卻沒有完美幸福的心情，因為……你瞧，這是什麼顏色？」她把一條髮辮拉過肩膀，伸到馬修眼前。

「是紅色的吧？」馬修猜想，他向來分不清女人的髮色。

「對，是紅色的，」她嘆息著說，「沒有人會因為紅頭髮而感到開心的。雀斑、綠眼睛和我的皮膚，這些我可以不在乎，可是紅頭髮……這使我傷心透頂。我的頭髮永遠都是紅色的，這會成為我一生的遺憾。……啊，卡伯特先生！啊，卡伯特先生！！啊，卡伯特先生！！！」那孩子突然興奮起來。

然而，馬修並沒有發現甚麼令人吃驚的事情，只不過是是馬車來到了林蔭大道上，道路兩邊種著枝葉繁茂的蘋果樹，頭頂上方是一大片雪白芬芳的花朵，天際裡浮蕩著紫色的霞光，這番美景令女孩瞠目結舌。她欣喜地仰著小臉龐欣賞著，接著一動不動，一聲不吭。她以眼前令人神馳的天空為背景，腦海中浮現出一幕又一幕美麗的幻想。

許久之後，當馬修告訴她剛才經過的雪白的地方是『林蔭大道』，已經很接近目的地時，她才開口：「這裡真是太美了，美得令人驚嘆，不，令人心疼！那麼美的地方不該叫『林蔭大道』，那個名字沒有意義，應該叫『白色歡樂大道』。每當我對一個人或一個地方的名字不滿意時，我都會想出一個新名字，然後在腦子裡使用這個稱呼。啊，我們真的快到了嗎？從我有記憶以來，我還從未有過一個真正的家。我終於要加入一個真正的家庭了，這真是太美好了！」

他們駕車越過山頂，下方是一座池塘。池塘狹長、蜿蜒曲折，幾乎像是一條河流。野生李樹從岸上探出身子，像身穿白衣裳的小女孩，正踮著腳尖欣賞自己在水面上的影子。斜坡上白色的蘋果園中間，隱約露出一棟灰色的小屋子，儘管天色未暗，卻已有一扇窗子亮了燈。

「那是『貝利家的池塘』。貝利先生住在那屋子裡。」馬修說。

「哦，我也不喜歡這個名字。我想我會叫它『閃亮湖』。貝利先生家有小女孩嗎？不是很小的女孩，而是像我這麼大的小女孩？」女孩問。

「他家有一個大約十一歲的小女孩，名叫黛安娜。」

「啊，多可愛的名字呀！」女孩深深吸了一口氣說，接著她轉頭，對湖面道別：「湖水真像在對我微笑啊！晚安，親愛的『閃亮湖』。」

他們又走了一段路，馬修說：「我們離家很近了。綠山牆農莊就在——」

「啊！別說，」她神情激動地打斷他的話，一邊閉上眼睛，「讓我猜一猜。」

她睜開眼睛，環顧四周。一條小小的溪谷出現在眼前，遠處是一處緩緩升起的斜坡，幾座溫暖的農莊散布其中。最左邊、離道路稍遠一棟房子上方，純淨的天空閃耀著一顆明亮的星星。

「就是那座，對嗎？」她用手指著那座農莊說。

「你猜對了！」馬修肯定說，「但我想史賓瑟太太肯定和你形容過它吧？」

「不，她沒有跟我說過它。但我一看到這座農莊，馬上就知道了，那就是家。哦，這真像在做夢。我好怕今天所經歷的一切只是一場夢。不過，如果這是一場夢，我希望自己不要醒來。當然，這不是夢境，我們就快到家啦。」她歡喜地呼了一口氣，接著陷入沉默。馬修慶幸有瑪麗拉可以替他告訴這個無家可歸的孩子：她所期待的家不會成為她的家。可是，當他想到她眼睛裡閃動的欣喜光芒時，他不安地感覺到，自己就要成為扼殺某種東西的幫兇。

「馬修，這是誰？」迎門而來的瑪麗拉脫口問道，「那個男孩呢？」

「沒有什麼男孩，」馬修可憐兮兮地說，「只有她在那兒。」馬修朝女孩的方向點了點頭，這才想起他一直沒問過她的名字。

「沒有？但那肯定會有一個男孩。我們領的可是男孩。」瑪麗拉堅持。

「嗯，沒有，就只有她。不管是出了什麼差錯，我們總不能把她扔在火車站不管吧。」

孩子一直沉默著，目光在兩人身上來回掃視，眼睛裡的欣喜漸漸消散。突然，她喊道：「你們不要我！因為我不是個男孩！我應該想到這一點的。我應該知道的，太過美好的事情總是很快就會消失。我應該知道，沒有人會真的想要我的。喔，我該怎麼辦？」

她委屈得號啕大哭。瑪麗拉和馬修面面相覷。最後還是瑪麗拉挺身而出：「好了，沒必要為了這種事哭成這樣。」

「不，我要哭！」孩子滿面淚痕，「如果你是孤兒，來到一個地方，你本來以為這裡會成為自己的家，結果發現他們因為你不是男孩而不要你，那麼你也會哭的。啊，這是我遇過最悲慘的事了！」

瑪麗拉冰冷的表情緩和了一些，「好啦，別哭了。你就先待在這裡，等我們把事情弄清楚了再說。你叫什麼名字？」

「我喜歡人家叫我科迪莉亞，這名字多優雅啊！」孩子遲疑地說：「但如果我只是在這裡待一陣子，你們怎麼叫我並不重要吧？我的名字是安妮·雪麗，這個名字一點也不浪漫。」

「安妮是個普通又實在的好名字。好了，安妮，你能告訴我這場誤會是怎麼產生的嗎？我們請史賓瑟太太領的應該是個男孩。」瑪麗拉問。

「可是她清楚地說你們要一個十一歲左右的女孩，於是我被院長選中了，昨夜我還因此興奮得睡不著覺呢。」她說。

「我們需要一個男孩幫忙馬修處理農事，女孩對我們毫無用處。」瑪麗拉毫不留情地說。

他們一起坐下吃晚飯，但處在絕望深淵的安妮什麼也吃不下。瑪麗拉替安妮安排好住處後，便讓她早些休息。

「晚安。」瑪麗拉有點尷尬，但客氣地對她說。安妮埋怨地回答：「你明知道這是我所度過的最難過的夜晚，怎麼還能說是晚安呢？」然後鑽進了被窩。

瑪麗拉來到廚房，開始洗碟子。馬修抽著煙斗，顯得心事重重。

「看來是傳話錯誤，我們得將這個女孩送回孤兒院去。」瑪麗拉一邊洗著碗，一邊說著。

「瑪麗拉！她是個討人喜愛的孩子，又一心想留下來，把她送回去怪可憐的。」

「馬修．卡伯特，你該不會想收養她吧！」

「不是，我想、我是說，」馬修結結巴巴地說，「我們不太可能收留她。」他在瑪麗拉的追問下，不敢說出自己真正的想法。

「當然不能。她能給我們帶來什麼好處？」

「也許我們會對她有所幫助。」馬修出人意料地說。

「馬修，我相信那個孩子已經把你迷住了。你就是想收留她。」

「哎，她是個有趣的小傢伙。」馬修固執地說：「要是你聽到我們從火車站回來時，她這一路上的談話，那該多好。」

「噢，她是講得滔滔不絕，可是我不喜歡嘮嘮叨叨的女孩。再說她身上有某種我無法理解的東西。不行，得趕緊把她打發走。」

「我可以雇一個法國男孩幫我工作，」馬修說：「她可以和你做伴。」

「我不需要人陪。」瑪麗拉立刻說道。「我不要收養她。」

而那個心灰意冷的女孩，哭著哭著，慢慢睡著了。

等到安妮醒來，耀眼的陽光已灑進屋內。她忘了自己身在何處，接著才想到這裡是綠山牆農莊，他們因為她是女孩就不要她了！

六月的早晨，窗外櫻桃樹盛開，草地上點綴著蒲公英，紫丁香清香醉人，不遠處隱約可見蔚藍的大海。安妮貪婪地看著這一切；眼前的一切正如她夢寐以求的那樣完美無缺，可惜她不能真的住在這裡！

安妮跪在窗前沉浸在周遭美麗的景致之中，渾然忘卻一切，直到瑪麗拉來叫這個小夢想家，讓她穿好衣服，然後去吃飯。

安妮說：「清晨的時候，這個世界是多麼美麗啊！我從老遠就聽見小溪在笑的聲音了，小溪多麼樂天啊，它總是笑個不停！即使在冰天雪地的冬天，我也聽過小溪在冰塊底下笑，真高興綠山牆農莊附近有條小溪，我會想念它的。今早我沒有絕望到底的感覺，我會想像你們還是是要我的，我可以永遠住在這裡，可是幻想總得結束，那時就得難過了。」

「別再幻想了，早餐等著你，快洗臉梳頭，把窗戶打開，被子拉到床尾，動作快點！」

瑪麗拉好不容易插進話。安妮的動作倒是挺快，一會兒就穿著整齊下樓了，不過她忘了拉被子。

「我好餓。」安妮在吃飯時說，「世界似乎不像昨晚那樣混亂了。早晨陽光普照，令人心情愉悅，讓人有很多想像的空間，不過我也喜歡下雨的早晨。很高興今天是晴天，晴天使人心情愉悅，比較忍得住痛苦，我覺得自己正遭遇著多大的不幸啊！看到悲劇故事時，我常想像自己勇敢地受苦受難固然很好，但若真正生活在苦難中，就沒那麼好了，對嗎？」

「讓你的舌頭休息一下，」瑪麗拉說：「小女孩不應該太多話。」

安妮順從地閉上嘴，一雙大眼睛動也不動地望著窗外，就像她的靈魂乘著想像的翅膀，到達遙遠的彼方。這讓瑪麗拉非常不安。誰會想要這樣的孩子呢？但瑪麗拉知道，馬修非常想留下她。

用餐過後，安妮主動提出要洗碗。瑪麗拉在一旁和她聊了幾句。當瑪麗拉說，她覺得馬修是個非常荒唐的人時，安妮責怪地說：「我認為他很親切，而且富有同情心。我一見他就覺得他和我很像。」

「如果是在說你們倆都很古怪的話，那麼你們的確很像。」瑪麗拉譏諷地說。

安妮洗好了碗，瑪麗拉讓她去戶外散散心。安妮的眼睛頓時充滿熱切的光芒，但才一瞬間又黯淡下來，她說：「我不敢出去。要是我和這些樹木花草和小溪交上朋友，我一定會愛上綠山牆農莊的，可是我又沒有辦法留在這裡。所以我要忍耐，然後聽從命運的安排。請問，窗臺上那株天竺葵叫什麼名字呢？」

「那是有蘋果香的天竺葵。」瑪麗拉答道。

「哦，你沒有給它取名字嗎？那麼讓我叫它『邦妮』好嗎？就像臥室窗外的那棵櫻桃樹，我叫它『雪后』。」

「我這輩子還沒見過或聽過像你這樣的孩子。」瑪麗拉自言自語地邊準備送安妮離開，一邊想著：「她真是有點意思。這樣下去的話，她會像迷住馬修那樣，讓我也對她著迷的。馬修用他的表情向我暗示一切，就是不肯說出來，這樣我能如何說服他打消念頭呢？」

在瑪麗拉帶著安妮坐上馬車，準備去史賓瑟太太家把事情說清楚時，馬修為她們打開院門，邊說道：「波特家的孩子早上來過了，我已經告訴他這個夏天或許會雇用他。」

瑪麗拉沒有回答，只是在出發後回頭看了一眼。馬修正倚著門扉，略帶沉思地看著她們遠去。

在馬車上，安妮很貼心地說：「我決定好好享受坐馬車的樂趣，不去想我還要回到孤兒院。啊！你瞧，那裡有一株野玫瑰開出花來了，我好喜歡啊！粉紅色是世界上最美妙的顏色了。可惜我的紅頭髮讓我不能穿粉紅色的衣服。你知道有誰年輕時是紅頭髮，長大後又變成另一種顏色的嗎？」

「不，我不認識這樣的人，也認為這不可能發生。」瑪麗拉無情地說。

安妮嘆了一口氣說：「好吧，又一個希望落空了。『我的人生好似埋葬希望的墳場』，這是我在書上讀到的。你不覺得很浪漫嗎？」

「我不認為這有什麼好浪漫的。既然你這麼愛說話，那不如說說你自己的事吧？」瑪麗拉實事求是地說。

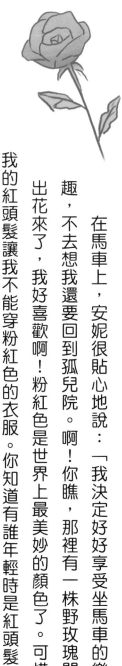

「今年三月我剛滿十一歲。」安妮輕輕嘆口氣說道，乖乖陳述事實：「我的父母都是中學老師，我很慶幸他們的名字都很動聽。如果爸爸的名字叫……嗯，比如，傑德迪亞，那他一定會吃不少苦頭。」

「我想一個人只要品行端正，叫什麼名字並不重要。」瑪麗拉教育道。

安妮用沉思的表情說：「書上說，玫瑰即使不叫玫瑰也一樣香甜，可是，我不相信如果被叫做薊草或臭松的話，玫瑰還會這樣可愛。嗯……我媽媽嫁給我爸爸以後就不再教書了，聽湯瑪斯太太說他們既天真又窮困，住在一間好小的黃色屋子裡。我曾經無數次想像過這個房子，裡面和外面有些什麼。湯瑪斯太太說過，我是她見過的最醜的嬰兒，但我媽媽卻認為我漂亮極了。我想媽媽的評論總是會比一位幫忙打掃的女傭要來得有眼光，對嗎？在我三個月大的時候，我的媽媽得熱病死了。四天以後，爸爸也同樣得熱病死去。我成了一個孤兒，沒有人想要我，爸媽都是外地人，而且沒有親人。

「最後，儘管湯瑪斯太太很窮，還有個酒鬼丈夫，但她還是把我一手撫養長大，這樣的生活一直持續到我八歲的時候。我幫著照顧湯瑪斯家四個比我還要小的孩子們。然而有一天，很不幸地湯瑪斯先生被火車撞死了，湯瑪斯太太無力繼續撫養我。後來，哈蒙太太跑來說她願意收留我，哈蒙先生在一家小鋸木廠工作，他們家有八個小孩，要我照顧其中的三對雙胞胎，照顧他們真是累壞我了。

「兩年多以後，哈蒙先生死了，哈蒙太太把孩子分送給親戚，自己去了美國。沒有人想要我，我只好進了孤兒院，雖然那裡也已經有太多人了，但他們不得不收留我。我在那裡待了四個月，直到史賓瑟太太領走我。」說完後，她嘆了一口氣，在沒人要她的世界裡，她不愛談自己的身世。

「你上過學嗎？」瑪麗拉問，同時把馬頭轉向海邊。

「沒上多久。不過我在孤兒院時一直有去上學。我很會讀書，也會背許多詩，我才念四年級，高年級女生常常把書借給我看。」

「湯瑪斯太太和哈蒙太太對你好嗎？」瑪麗拉一邊問，一邊用眼角看著安妮。

「嗯……嗯，」安妮吞吞吐吐地說：「她們很想對我好——我知道她們盡量想對我好。如果人們有心對你好，那麼即使他們沒有經常做到，你也不會太介意的。她們自己已經有很多事情要操心了。」

瑪麗拉不再問下去，安妮便安靜地專心欣賞濱海大道。瑪麗拉心不在焉地駕著馬車，陷入了沉思。她突然同情起這個孩子。怪不得安妮那麼期待有一個真正的家，可惜她必須被送回去。如果順馬修的意，讓她留下來呢？

「她的話是太多了一些，但可以慢慢改。而且，她說的話並不粗俗。她很有禮貌，可見身邊都是有教養的好人。」她暗自思索著。

海邊的路都是樹木，看來荒涼又寂寞。右側是矮矮的冷杉林，長得很密實；左側是陡峭的紅色砂岩懸崖，有些路段緊貼崖壁，好在這匹母馬性情穩定，否則肯定會把她們給嚇壞的。懸崖底下是一堆堆飽經海浪沖刷的岩石，還有鑲滿寶石般石頭的小海灣，再過去就是藍色海洋了。天上海鳥翱翔，銀色的翅膀迎著陽光閃閃發亮。

「海真是令人讚嘆，不是嗎？」安妮打破沉默說道：「我和湯瑪斯一家人住在瑪莉鎮的時候，有一回湯瑪斯先生雇馬車帶全家去海邊玩了一整天，雖然我得照顧小孩，但我很享受每分每秒，好幾年我都會夢到那快樂的一天。」

「不過這裡比瑪莉鎮的海邊更漂亮。你想當海鷗嗎？我希望我是海鷗，黎明即起，朝海水俯衝而下，整天在美麗的海洋上翱翔，晚上再飛回巢裡，多浪漫啊！我都想試試那樣的日子了。請問前面的那棟大房子是什麼啊？」

「那是白沙旅館，不過旅遊季還沒開始。夏天來度假的美國人很多，他們最愛這裡的海邊。」

「我正想著到史賓瑟太太家的事呢！」安妮傷心地說，「我不想到那裡，一到了那兒，就好像一切都結束了。」

第二章　瑪麗拉的決定

史賓瑟太太就住在白沙鎮的一棟大房子裡，看見瑪麗拉和安妮抵達，她驚呼道：「哇，哇！沒想到你們今天會來，非常歡迎。安妮，你好嗎？」

「還好，謝謝！」一臉頹喪的安妮應道，她怎麼也笑不出來。

「史賓瑟太太，不知出了什麼差錯，馬修和我託人帶信給你，請你從孤兒院給我們領的是男孩，一個十歲或十一歲的男孩。」瑪麗拉說。

「瑪麗拉，這不可能！」史賓瑟太太苦惱地說：「來的人說你們要的是一個女孩。」她的女兒也證實了這件事情。

「是我們的錯，」瑪麗拉體諒地說，「這麼重要的事，本來就不該口頭傳達，我應該親自來告訴你的。既然誤會已經發生，現在只能將錯誤糾正。我們可以把這孩子送回孤兒院去嗎？」

「我想可以，」史賓瑟太太若有所思地說，「不過用不著送她回去。布雷威特太太昨天來我這裡，說後悔當初沒託我找個能做事的小女孩來。她家人口很多，需

要幫手，安妮去正好合適。」

聽了這些話，瑪麗拉並沒有輕鬆下來。瑪麗拉只見過布雷威特太太幾面，但她聽說過她的事情。被她解雇的那些小女傭講過許多關於她的駭人事跡，說她性情暴躁、又很吝嗇，還說她家的孩子沒禮貌又吵鬧。想到要把安妮交給那種人，瑪麗拉頓時覺得良心不安。

「太巧了！那邊走過來的不正是布雷威特太太嗎？」史賓瑟太太嚷道：「我們可以立刻解決這個問題了。」安妮默不作聲地盯著布雷威特太太。難道自己就要被交給這個面容苛刻、目光犀利的女人了嗎？安妮好怕自己無法忍住眼淚。

「布雷威特太太，事情是這樣的，」史賓瑟太太領客人們進入客廳後，她說：「我以為卡伯特兄妹想領養一個女孩，不過他們其實要男孩。如果你昨天的念頭還沒改變，我想這個女孩給你正合適。」

布雷威特太太很快地把安妮從頭到腳打量了一遍，「你幾歲，叫什麼名字？」

「安妮．雪麗，」她縮著身子顫聲回答，「今年十一歲。」

「哼！看上去沒多少肉，不過還滿結實的。如果我收下你，你可得乖巧、伶俐、恭敬。我指望你勤快做事，那才值得我留下你。好吧，我想這女孩就讓我接手。家裡的娃兒可真把我累慘了，可以的話，我想現在就帶走她。」

瑪麗拉瞧見安妮蒼白的臉上那淒慘的神情，彷彿剛逃脫又落入陷阱的可憐小動物，她的心裡很不是滋味，她若拒絕安妮無言的懇求，那張無助的臉將會一直糾纏著她。

「是這樣的，」她緩緩開口，「我並沒有說馬修和我已經決定不收養她。其實，馬修是想留下她的。我來只是想弄清楚這場誤會是怎麼發生的。我最好還是把她帶回家去，和馬修商量之後再說。如果我們決定不收養她，明天晚上我們會再把她帶來。你沒有意見吧，布雷威特太太？」

「也只好這樣了。」布雷威特太太不樂意地說。

安妮的臉上泛起了光輝，絕望的表情瞬間消失，眼睛變得深邃明亮。她奔向瑪麗拉，「啊，卡伯特小姐，您真的說你們也許會讓我留在綠山牆農莊嗎？還是我的想像？」她喘著氣悄聲地說，生怕聲音太大，美夢就可能破碎。

「還沒有確定。布雷威特太太無疑地比我們更需要你。」瑪麗拉說。

「我寧可回孤兒院，也不願跟她回去。」安妮激動地說：「她長得就像……」把螺絲起子！」

「女孩子不該這樣評論一位初次見面的女士，」瑪麗拉嚴厲地說，「安靜坐著，別再說話，做個有教養的好女孩。」

「不管你叫我做什麼，我都會盡力，只要你能收養我。」安妮說。

那天晚上，馬修在小路上迎接她們回到綠山牆農莊，臉上露出寬慰的神情。瑪麗拉簡單地向她敘述了安妮的身世，以及在史賓瑟太太家的經過。

「那個姓布雷威特的女人啊，我連自己喜歡的一隻狗都不願送給她。」馬修精神抖擻地說。這種神情在他臉上真是少見。

「我也不喜歡她那副樣子。」瑪麗拉承認道，「但不留給她，我們就只能自己領養那孩子。這件事我考慮再三，領養她似乎成為一種責任了。雖然我沒有帶過孩子，但我會盡力的。我看就讓她住下來吧！」

「太好了，瑪麗拉，我就知道你遲早會想通的。」馬修說。

第二天早上，瑪麗拉讓這孩子不停地做家務，她在旁邊細細地觀察；到了中午，她得出結論：安妮的確聰明聽話、勤快好學，只是常常做到一半，就沉醉於幻想之中，忘記自己在做什麼，非得受到責罵或闖禍了，才會愕然回到現實。

「啊，卡伯特小姐，您是不是要把我送走？求求您告訴我吧！」安妮被等待的煎熬折磨得受不了了。

「馬修和我決定留下你。」瑪麗拉說。「如果你願意做個知恩圖報的好女孩。哎呀！孩子，你怎麼了？」

「我在哭，」安妮慌張地說，「我高興得不得了。我曾因為『白色歡樂大道』和鮮紅的玫瑰感到高興。而現在，我感到的是幸福。我會努力做個好孩子的。」

「冷靜一些。」瑪麗拉責備地說，「沒錯，你可以留在這兒。但等到九月份開學的時候，你就必須上學。」

「瑪麗拉，」安妮問道，「您覺得我能在艾凡利找到一位可以吐露心事的知心密友嗎？我本來不敢想，但現在許多美夢都成真了，說不定這個夢想也會實現。」

「黛安娜．貝利是個和你差不多大的好女孩。你得注意自己的行為舉止，貝利太太絕對不准沒規矩的小女孩和她一起玩的。」

「黛安娜長什麼模樣啊？」

「她很漂亮，有著黑頭發、黑眼睛和紅潤的臉頰。而且她心地善良、聰明伶俐，這比長相漂亮更可貴。」

「噢，我很高興她長得好看。要是我也長得美，我會更高興，不過那是不可能

的，能有個美麗的密友最好了。」

「我和湯瑪斯太太同住的時候，她房裡有個裝玻璃窗的書櫥，我常看著玻璃上的倒影，假裝有個小女孩住在裡面。我叫他凱蒂，我什麼都告訴她，一聊就是好幾個小時。凱蒂是我生活中的安慰，我假裝那是個魔法書櫃，我可以打開玻璃門走進凱蒂的房間，那時凱蒂會拉著我的手，帶我進入一個滿是陽光、花朵和仙子的奇妙世界。

「後來我搬到哈蒙太太家，從她家往河的上游走，就能走到一個綠色山谷，那裡住了一個可愛的回聲仙子，不管你說得多小聲，她都會照樣傳話給你，我叫她紫羅蘭小女孩，我們成了好朋友。」

「我不贊成你這麼愛幻想，而且你幾乎覺得一切都是真的。交個真正的朋友比較健康，這樣你才不會滿腦子虛無飄渺地幻想。你可別讓貝利太太聽見你說起凱蒂和紫羅蘭，否則她會以為你愛胡亂吹牛。」

「我才不會隨便把這些回憶告訴別人呢，但我希望你知道。啊，你看，蘋果花裡飛出了一隻蜜蜂呢。住在蘋果花裡多棒啊！想像睡在花朵裡讓春風吹得輕輕搖晃，我是小女孩時，就希望自己是飛舞在花間的蜜蜂！」

「昨天你還想變成海鷗呢，真是善變！」瑪麗拉嗤之以鼻地說。「我叫你把那篇主禱文背起來。你還是回房間去背吧！」

「我已經背得差不多了，只剩最後一句。」

「先回你房間背熟，直到我叫你下樓為止！」

安妮上樓回到房間，她輕輕跳著小步來到小鏡子前端詳自己說：「你現在是綠山牆的安妮，而不是無家可歸的安妮！」隨即又走到敞開的窗前，說：「親愛的雪后，午安！白樺樹，午安！不知道黛安娜會不會成為我的密友。但願她會，我也會非常愛她的。」

等林德太太突然患上的感冒剛好，滿心好奇地前來看安妮時，她已經在綠山牆農莊住了兩個星期。好心的林德太太對瑪麗拉說：「我聽說了你和馬修的一些驚人消息。出了這樣的差錯，你們不能讓人把她送回去嗎？」

「我想是可以的，但是我們決定不那麼做。馬修很喜歡她，我也是，我承認她有缺點，但她已經讓這個家開始改變了。她真是個聰明開朗的小女孩。」瑪麗拉一旦決定要做什麼，就會堅持下去，「你想看看安妮吧，我去叫安妮進來。」

安妮跑了進來。她的臉上還閃著漫遊果園時的喜悅，頭髮被風吹得亂蓬蓬。

「他們選中你的時候大概沒有考慮過你的長相。」林德太太品頭論足地說，「這孩子真是又瘦又醜。來，孩子，到我這裡來，讓我好好看看你。我的天，有人有見過這樣的雀斑嗎？頭髮還紅得像胡蘿蔔！」

安妮走了過去，但完全出乎林德太太的意料，她一個箭步跳到這位女士面前，小臉氣得緋紅，嘴唇顫抖，細瘦的身體抖個不停。

「我恨你！」她用哽咽的聲音嚷道：「我恨你！我恨你！我恨你！」每說一次，她的腳就跺得更用力。「你居然說我又瘦又醜？還說我滿臉雀斑又一頭紅髮？你這個粗俗無禮、冷酷無情的女人！」

「安妮！」瑪麗拉驚愕地喊道。

可是安妮仍舊以不敬的態度憤怒地對林德太太說：「你憑什麼批評我？如果有人說你又胖又蠢、沒半點想像力，你會怎樣想？我才不在乎這樣說會傷害你的心呢！我希望讓你傷心。因為你傷害我的程度比其他人更深。我絕不會原諒你，絕不！」安妮一邊說一邊，不停地跺腳。

「太不像話了！」嚇得不知所措的林德太太驚呼。

「安妮，回你的屋子去。」瑪麗拉說，她好不容易才能開口說話。

淚水奪眶而出的安妮衝回房間，把門「砰」地一聲關上。

「唉，那個小女孩教養起來，可有得你受了，瑪麗拉。」林德太太嚴肅地說。

瑪麗拉不知道該道歉還是反駁，但她說出口的話連她自己也感到驚訝：「你不該嘲笑她的長相，瑞秋。」

「瑪麗拉·卡伯特，你該不會還要護著她吧？」林德太太憤憤不平地責問。

「不，」瑪麗拉緩緩開口，「我不會原諒她。我會好好說她一頓。可是從來沒有人教過她規矩，瑞秋，剛才你對她太苛刻了。」

「看來我以後說話得非常小心才行。啊，我可沒生氣，你別擔心。我真替你難過，照顧那小女孩，夠你麻煩的了。我建議你拿根粗樹枝好好教訓她，她的脾氣倒是和她的頭髮很像。好啦，我還是希望你會經常來看我，不過，你可別指望我最近會再來你家了。」說罷，林德太太便飛快離去。

瑪麗拉上樓時，還在想該怎麼處罰安妮，因為她不喜歡鞭打小孩。她走到趴在床上痛哭的安妮身邊，口氣溫和地說：「安妮，你不為自己感到羞愧嗎？」

「她沒有權利說我長得醜，還頂著一頭紅髮。」安妮不服氣地抗議道。

「你不該暴跳如雷地罵人，我要你對人謙恭有禮，你真讓我覺得難為情，安妮。我實在不明白，就算她說你有一頭紅髮、相貌不漂亮，你也用不著生這麼大的氣。你自己也經常這麼說啊。」

「哦，自己說和聽別人說，那根本不是同一回事啊！」安妮哀哭道，「我想您一定覺得我的脾氣壞透了，可是我克制不住。她說那些話時，我心裡生起了一把無名火，讓我不得不把她痛罵一頓。」

「這下子你要出名了，林德太太可有精采故事到處宣揚了。」

「如果有人當著你的面，說你又瘦又醜，你會怎麼想？」安妮哭著辯解道。

瑪麗拉的眼前突然閃現一段久遠的往事。當她還是一個小孩時，她聽見一個阿姨對另一個阿姨評論她，「她真是個皮膚黑、醜陋的小可憐。」五十年後的今天，瑪麗拉還是能感受到那段往事的刺痛。

「瑞秋的確太心直口快了，可是你那樣做還是不對的。她是一個陌生人、一個長輩，她還是我的客人，所以，」瑪麗拉突然想到該怎麼處罰了，「你得去她那裡，告訴她你對自己的壞脾氣感到很抱歉，請她原諒你。」

「我做不到。」安妮沮喪但語氣堅決地說，「隨便您怎麼處罰都行，瑪麗拉。您可以把我關進住著蛇和癩蛤蟆的地窖，我都不會有半句怨言。可是，我絕不會去請求林德太太原諒的。」

瑪麗拉冷冷地說：「你非去不可，否則你得一直待在房間裡，直到你願意去道歉為止。」

「那麼我得永遠待在這裡了。」安妮悲哀地說：「我不後悔說了那些話，可是我很抱歉讓您苦惱。」

「晚上你好好反省一下自己的行為。」瑪麗拉說著起身準備離開，「你說過，如果我們把你留下，你會盡力做一個好女孩。可是我得說，從今天晚上的表現看來完全不是這樣。」

瑪麗拉丟下這幾句話讓安妮細細咀嚼。瑪麗拉雖然氣安妮，但當她回想起林德太太那副目瞪口呆的表情，就不禁想放聲大笑。

「瑞秋．林德早該受到教訓了，她就愛管閒事，又多嘴多舌。」第二天，從瑪麗拉口中得知整個情況的馬修這樣說道。

安妮依然倔強，僅管瑪麗拉送去了三餐的飯菜，安妮卻什麼也沒吃。晚上，趁瑪麗拉去牧場時，馬修躡手躡腳地上樓，來到安妮的臥室。「嗯，安妮，你不覺得還是去說一下，把事情了結比較好嗎？」馬修低聲說，「瑪麗拉是不會讓步的，你遲早得去。」

「向林德太太道歉？」

「對，道歉。」馬修急忙說道：「把事情緩和一下。」

「如果是為了您，我會去的。」安妮若有所思地說：「我現在後悔了。我氣了整個晚上，昨晚我醒來三次，每次都感到十分生氣。可是，到了今天早上，一切怒火都消失了。我不再覺得這件事無法挽回。我為自己感到羞愧。雖然我還是不想跟林德太太這麼說，那太丟臉了。要我去道歉，我寧願永遠被關在這兒。不過，我願意為您做任何事，如果您希望我去的話。」

「嗯，我當然真的希望你這麼做。沒有你，樓下冷冷清清的，叫人難受。去把事情了結吧，那樣才是好女孩。」

「好吧。」安妮順從地說。

「這就對了，安妮。可是別告訴瑪麗拉我對你說了什麼。」

馬修暗自慶幸，然後匆匆地離開，免得瑪麗拉發現。瑪麗拉進門的時候，就聽到樓上傳來呼喚她的聲音，當她抬頭見到安時妮，不由得感到有些驚喜。

「我很後悔那天發大脾氣，說了一些粗魯的話，我願意跟林德太太道歉。」

「很好。」瑪麗拉簡單地說，心裡滿是寬慰。

安妮沮喪的心情消失了，她滿面春風地走到林德太太家，可是一來到林德太太跟前，她就瞬間換上深切痛悔的表情，撲通一聲跪在地上，懇求地向她伸出雙手，把林德太太嚇了一跳。

「啊，林德太太，我很抱歉。」她聲音顫抖著說，「我找不到字眼表達我的悲傷和悔恨。我對您太沒禮貌，我讓我親愛的馬修和瑪麗拉丟臉了。儘管我不是男孩，他們還是讓我住在綠山牆農莊。我是個不知感恩圖報的女孩，應該受到處罰。因為您對我說了實話，我就向你發火，這實在太不應該了。您說的每一句都是真的。我長著一頭紅髮、滿臉雀斑、骨瘦如柴，還醜陋不堪。雖然我對您說的也是實話，可是我不該說出來。求求您，林德太太，原諒我吧！您不會願意讓一個孤女抱憾終生吧，就算我的脾氣很壞，您還是願意原諒我吧？」

安妮的語氣聽起來很真誠。林德太太頓時怒氣全消：「好了，起來吧，孩子，」她親切地說道，「我當然願意原諒你。我對你也太過分了，可是我就是這樣一個心直口快的人，你別介意。你的頭髮是很紅，我以前認識一個女孩，她小時候頭髮也和你一樣，可是當她長大後，頭髮就慢慢變成了美麗的紅褐色。相信你也會的。」

「啊，林德太太！」安妮深吸一口氣，站起身來，「您給了我希望。我會永遠把您當成我的恩人。只要想到我長大以後頭髮會變成漂亮的紅褐色，我就什麼都能忍受了，想當個好女孩也會容易的多。」

林德太太輕快地站起來點亮了燈，她對瑪麗拉說：「她真是一個奇怪的小孩。但她還是有討人喜歡的地方。她雖然脾氣急躁了些，但來得急去得快，不會騙人或耍心機。我挺喜歡她的。」

安妮和瑪麗拉走在回家的小路上。瑪麗拉一想起剛才的場面就忍不住想笑。但她還是嚴厲地說：「希望你以後不要再出什麼狀況，安妮，管好你的脾氣。」

「只要人家不嘲笑我的長相，我就不會亂發脾氣了。從小我的頭髮就常遭人恥笑，害我氣得頭頂冒煙。我喜歡美麗的事物，討厭一照鏡子就看見醜陋，那會使我憂愁。」安妮嘆了一口氣說。

「內心美麗，面貌也會美麗。」瑪麗拉引用了一句諺語說道。綠山牆農莊廚房裡的燈光透過樹林閃閃發亮。安妮挨近瑪麗拉，將她的手塞進老婦人粗糙的手掌裡。

「有家可回，並且知道前方就是自己的家，真是幸福啊！我已經愛上綠山牆農莊了。以前我還從沒愛過什麼地方，也從沒把哪兒當過自己的家呢！」

瑪麗拉的手掌被那隻小手一觸，心頭也不禁湧起一股溫暖甜蜜的感覺，也許這就是母性本能的流露吧。

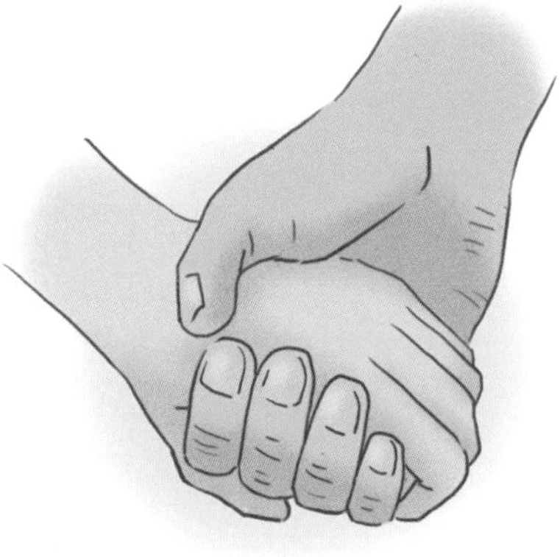

第三章　紫水晶胸針不見了

「還喜歡嗎？」瑪麗拉說。

安妮看著瑪麗拉親手給自己做的新衣裳，三套樣式差不多：樸素的裙子，腰部打摺收緊，袖子也很緊。

「我會想像我喜歡。」安妮認真地說。

「我不希望你用想像的，」瑪麗拉惱怒地說，「我知道你不喜歡！它們哪裡不好了？不乾淨？不整齊？還是不夠新？」

「它們不漂亮。如果其中一件的袖子能做得蓬鬆些，我會更加雀躍的。」安妮勉強說道。

「那樣的袖子看上去荒唐極了。我更喜歡樸素耐穿的衣服。今年夏天你就只有這三件可穿了，一件是給你上學穿的，一件是上教堂穿的。你身上的棉布衣已經穿太久了，現在有了這幾件你該感激才對。」瑪麗拉說。

「我很感激啊！可是，現在流行的是燈籠袖，我若是有一件燈籠袖的白色洋裝

那該有多好啊！」安妮看著那些衣服無可奈何地說。

次日一大早，瑪麗拉又犯頭痛了，無法陪安妮上主日學，於是只好讓她獨自到教堂去，還叮嚀她要守規矩，並多請教林德太太。

安妮穿上瑪麗拉為她準備的樸素洋裝出了門。走到半路上，她看見隨風搖曳的金鳳花和野薔薇，便隨手摘下花朵串成花環戴在帽子上。她毫不畏怯地一個人走到教堂，教堂門口有一群身穿漂亮洋裝的小女孩，她們正朝著這位頭戴奇怪花飾的陌生女孩指指點點。她們早已聽說過許多安妮的奇怪故事，因此從禮拜開始到結束，都沒有人主動跟她打招呼。接著她來到主日學校，主日學老師老愛向學生們發問，幸虧瑪麗拉幫她在家溫習過，所以他都能夠對答如流，但她在上課時依舊一直想著袖子的事情。

又過了幾天，瑪麗拉才從林德太太那裡得知帽子和花飾的事，便馬上叫安妮到跟前說：「聽說你星期天上教堂時，帽子上戴了可笑的花，真是胡鬧啊！」

「我不懂，難道帽子上插花比衣服上別花朵更荒唐嗎？」安妮不解地問。

「別跟我強辯，也別再犯同樣的錯誤。」瑪麗拉生氣地說。

「啊，對不起，我沒想到您很在意。野薔薇和金鳳花又香又漂亮，我想戴在帽子上一定很美，其他的小女孩戴在帽子上的都是人造花。啊，我讓您傷透腦筋，您還是把我送回孤兒院好了。」安妮眼中含淚說。

瑪麗拉想緩和她的情緒：「我絕對不想把你送回孤兒院，只希望你乖巧聽話，不做稀奇古怪的事情就行了。別哭了，告訴你一個消息吧，黛安娜．貝利今天下午從她的姨媽家回來了。我正好要向貝利太太借些裙子紙樣。你要跟我一起去嗎？」

安妮猛地站了起來，雙手緊握著，「啊，瑪麗拉，這時刻終於到了。我真害怕，如果她不喜歡我可怎麼辦！那將是我一生中最慘痛的失望了。」

「好了，不要驚慌。這樣的話從一個小女孩的嘴裡說出來，聽起來非常可笑。黛安娜會很喜歡你的。你需要注意的是她的母親。如果她的母親不喜歡你，黛安娜再喜歡你也沒用。如果她聽說你對林德太太大發雷霆，上教堂又在帽子上戴花，不知道會對你有什麼看法。你要有禮貌，守規矩，別總是語不驚人死不休。天哪，你這孩子不會是在發抖吧！」

安妮確實在顫抖。她神情緊張，臉色蒼白，「哦，瑪麗拉，如果您要去見一個女孩，滿心希望她成為您要好的朋友，可是又怕她的媽媽不喜歡您，那麼您也會這樣激動的。」說完，安妮便趕緊取來帽子，和瑪麗拉一起前往貝利家。

她們走過小溪對面的捷徑，來到了貝利家。貝利太太個子很高，黑髮黑眼，有一張堅定的嘴，她教育子女是出了名的嚴格。「你好，瑪麗拉。」貝利太太熱情地招呼他們：「快進來，這就是你領養的小女孩吧？」

「是的，這是安妮．雪麗。」瑪麗拉說。

貝利太太和安妮握手，親切地說：「你好嗎？」

「我身體很好，只是現在有些緊張。謝謝您，夫人。」安妮一本正經地說。

黛安娜正坐在沙發上看書，客人一進屋，她就趕緊把書放下。她非常漂亮，有媽媽的黑眼和黑髮，還有紅撲撲的臉頰，神情看起來非常愉快。

「黛安娜，你可以帶安妮到花園裡看看你的花。」貝利太太對女兒說完話後，又轉頭對瑪麗拉說道：「我很高興你給她帶來了一個玩伴。」

落日的餘暉下，安妮和黛安娜站在花園裡，害羞地互相瞅著。

「哦，黛安娜，」安妮終於開口了，她兩手緊握，聲音低得有如耳語，「嗯，你覺得我這個人怎麼樣？你願意做我的好朋友嗎？」

黛安娜笑了。「當然啦。」她坦率地說，「你能來綠山牆農莊住下，我高興極了。結交朋友不是很有趣嗎？附近沒有別的小女孩跟我玩，我的妹妹又太小了。」

「我們要不要發誓永遠都做好朋友？」安妮熱切地問。

「要怎麼發誓呢？」

「首先手牽著手。」安妮嚴肅地說，「本來我們應該在奔流的水面上發誓的。不如，我們就把這條小徑想像成奔騰的流水吧！我先說：『我鄭重宣誓忠於我的好友黛安娜．貝利。』現在換你了，把我的名字放進去說一遍。」

黛安娜重複了一遍誓言，然後笑著說：「你真是個古怪的女孩。不過，我相信我會非常喜歡你的。」

瑪麗拉和安妮起身返家時，黛安娜陪她們一起走到了小木橋。分手時，兩個小女孩反覆承諾第二天下午要一起玩，之後才依依不捨地告別了。

「怎麼樣，你覺得黛安娜是你的好友嗎？」瑪麗拉問道。

「哦，是的。」安妮快樂無比地吐了口氣，沒有注意到瑪麗拉話裡的譏諷，「啊，瑪麗拉，在這一刻，我是愛德華王子島上最幸福的女孩。明天，黛安娜和我要在樺樹林裡搭一間遊戲屋。她的生日在二月，我的在三月，真是太巧了！黛安娜要將一本很精彩的書借給我看。她還要帶我去森林深處看百合花。我真希望我也能和黛安娜一樣，有一雙烏溜溜的眼睛。她會教我唱歌，還要給我一幅畫，讓我可以掛在我的房間裡。我希望我也有東西可以送給她。我們還要找一天去海邊撿貝殼，也說了要把小木橋下那條小溪流取名為『仙女之泉』。」

「好了，我只希望你話別太多，免得把黛安娜煩死。」瑪麗拉說，「還有，不要老顧著這些美好的計畫，你得先把家事做完。」

安妮已經幸福到了頂點，然而馬修卻讓幸福滿溢出來。馬修從商店回來，他忸怩怩地從口袋裡掏出一個小紙包遞給安妮。

「我聽你說過你愛吃巧克力糖，就給你買了一些。」他說。

「哼，」瑪麗拉不以為然，「這對她的牙齒和腸胃不好。不過既然是馬修買給你的，你當然可以吃。別一下子吃光，這樣會把肚子吃壞的。」

「噢，不會的。」安妮高興地說，「今晚我只吃一點，另一半我要分給黛安娜，這樣剩下一半就會覺得加倍好吃。」

等安妮回她的房間後，瑪麗拉感嘆地說，「她不吝嗇，這真讓我高興。天哪，她才來了三個星期，卻感覺好像已經好久了。我無法想像沒有她的日子。現在我願意承認我很慶幸自己答應留下這孩子，而且我越來越喜歡她了，馬修。」

八月一個金黃色的下午，安妮飛奔進屋，眼裡閃著光，臉頰微微泛紅，「哦，瑪麗拉，」她氣喘吁吁地嚷道：「下星期主日學校要舉行一次野餐，有人要做冰淇淋呢！我可以去嗎？」

「野餐嘛，你當然可以去。」

「可是，」安妮吞吞吐吐地說，「黛安娜說每個人都得帶一籃子吃的東西去。」

「好啦，我會幫你準備一籃子吃的。」

「哦，親愛的瑪麗拉，您對我真好。」安妮投入瑪麗拉的懷抱，欣喜若狂地吻著她的臉頰。一陣甜蜜襲上瑪麗拉的心頭。「好了，別胡鬧了。我這幾天要開始教你做菜。不過現在呢，你得先把你的拼布用具拿出來。」

「我不喜歡縫拼布，」安妮愁容滿面地說，一邊找出她的針線箱坐下，「當然啦，我寧可住在綠山牆農莊縫拼布，也不要整天無事可做到處遊玩。可是，我還是希望縫拼布的時間過得和黛安娜玩的時間一樣快。啊，我們玩得好開心，我負責幻想，那是我最厲害的地方，但其他方面她都太完美了。

「我們家和貝利家中間那條小溪對面不是有一小塊地嗎？那個角落有一圈白樺樹，是個非常浪漫的地方，黛安娜和我把遊戲屋蓋在了那裡。我們管它叫『桃源仙境』，很詩情畫意的名字對吧？那可是我花了好多時間才想到的，某天入睡前我忽然靈機一動就想到了。黛安娜聽到這個名字的時候樂瘋了。我們把遊戲屋搭得很漂亮，還搬來了幾塊長青苔的大石頭當椅子，樹與樹之間用木板當架子，上面放著一些盤子。雖然所有盤子是破的，但其中有一個盤子特別美，於是我們把它放在了客廳。還有一片美得像夢境的仙子玻璃，那是她家舊吊燈的碎片，如果把它幻想成是有個晚上仙子開舞會弄丟的也不錯。而且，馬修也答應要幫我們做幾張桌子。啊！我們還給草原上的圓形小池塘取名叫『柳池』，我們把遊戲屋搭得很漂亮，瑪麗拉，您真的應該去看一看。

「黛安娜的媽媽幫她做了一件半短袖的新衣服，打算讓她去野餐那天穿。哦，但願下星期三天氣晴朗。如果臨時發生什麼事情讓我不能去參加野餐，那我一定會失望得受不了的。他們要在『閃亮湖』上划船，還要吃我從來沒吃過的冰淇淋。」

接連幾天，安妮一直在說著野餐，想著野餐，連做夢也忘不了野餐。星期六，天空下起雨來，這讓她心慌意亂，就怕這場雨一直下到星期三。

星期天，安妮和瑪麗拉去教堂做禮拜。當牧師宣布會舉行野餐時，她興奮得渾身都在顫抖。「你想得太多了，安妮，」瑪麗拉嘆了口氣說，「我擔心你這輩子會遇上許許多多次失望。」

「哦，心懷期盼，很有趣啊。」安妮大聲地說：「就算得不到，也無法阻止期盼好事成真的樂趣。林德太太說『一無所求的人是幸福的，因為他們不會失望。』，可是我覺得一無所求比失望更糟糕。」

那天她們一起去做禮拜時，瑪麗拉像往常一樣別著她的紫水晶胸針。這枚胸針是瑪麗拉的珍寶，那是當船員的舅舅送給瑪麗拉母親的禮物，後來她母親把它留給了瑪麗拉，裡面裝著瑪麗拉母親的一綹頭髮。

安妮第一次看見這枚胸針時，簡直讚不絕口：「哦，瑪麗拉，好精美的胸針，紫水晶真是太美了。可以讓我拿一下嗎？紫水晶會不會就是紫羅蘭的靈魂？」

野餐前兩天的晚上，瑪麗拉一臉焦慮地從她的屋子裡走出來。此時安妮正一邊剝豆莢，一邊哼著歌。「安妮，」瑪麗拉喚道：「你瞧見我的紫水晶胸針了嗎？我記得昨天從教堂回來後，我就把它插在針包上了。可是現在我到處都找不著它。」

「今天下午您去婦女援助會時，我見它呢，」安妮慢吞吞地說：「我路過您的

房門口時，看它插在針包上，就進去看了一下。」

「你摸了嗎？」瑪麗拉嚴厲地說。

「是……是……是的，」安妮承認道：「我把它拿起來別在胸前，想看看別起來好不好看。」

「你不該這麼做，小女孩亂翻別人的東西是不對的。你不該進我房間，不該碰不屬於你的東西。你把它放到哪裡了？」

「我把它放回衣櫃了。我只戴了不到一分鐘。我不會再這樣做了。」

「你沒有放回原位，」瑪麗拉說：「胸針根本不在那兒。你一定拿出來了。」

「我的確放回去了。」安妮急切地說：「我百分之百確定。」

「那我再去找一下。」瑪麗拉說。她在屋子裡澈底找了一遍，凡是可能的地方都找過，但還是沒有找到。

「安妮，胸針不見了，你也承認自己是最後一個碰過胸針的人，那麼，你到底把它放到哪裡了？是不是把它拿到外面弄丟了？」

「不，我沒有，」安妮認真地說：「我絕對沒有拿出去，瑪麗拉。」

「我認為你在說謊，安妮，」瑪麗拉嚴厲地說：「好了。從現在開始，除非你說實話，否則你一句話也別說了。回房間待著，直到你認錯為止。」

「要把豆莢也帶去嗎？」安妮溫順地問。

「不用，我自己會剝完的。」

安妮走後，瑪麗拉心煩意亂地剝著豆莢，她始終放心不下她那寶貝的胸針。她覺得是安妮弄丟了，因為怕受罰才不肯承認。一想到安妮在說謊，瑪麗拉就覺得更難受了，這比脾氣暴躁更糟糕。其實只要安妮坦白，她或許並不會太在意的。

整晚瑪麗拉四處找尋著那枚胸針，卻還是一無所獲。她越發相信是安妮弄丟了。第二天早上，她把事情的經過告訴了馬修。馬修震驚又困惑，雖然他沒這麼快就對安妮失去信心，可是他也不得不承認，情況對安妮不利。

「你確定沒有掉到衣櫃後面嗎？」這是他所能想到的唯一建議。

「我把每個縫隙都仔細地找過了，」瑪麗拉明確地說，「胸針不見了。那孩子把它拿走了，還說謊抵賴。」

安妮不肯承認，甚至傷心地哭過好幾次，折騰到夜裡，安妮已經累癱了，她喊道：「明天就要野餐了，瑪麗拉，你不會不讓我去吧？只要明天下午讓我出去就好了，可以嗎？之後你要我待多久，我就待多久。」

瑪麗拉使勁克制住自己的憐憫之心。「除非你說實話，否則你就不能去參加野餐，哪兒都不能去，安妮。」她堅定地說。

「啊，瑪麗拉！」安妮幾乎要透不過氣了。

星期三早上，天氣晴朗，就像是專門為野餐安排好的一樣。小鳥圍繞綠山牆農莊宛轉鳴唱；花園裡的百合花傳來陣陣清香。當瑪麗拉端著早飯來到安妮的屋子時，她正端坐在床上，臉色蒼白地說：「瑪麗拉，我準備承認了。」

「啊！」瑪麗拉覺得非常痛苦，「說吧，安妮。」

「是我拿走了紫水晶胸針。」安妮怯怯地說，好像在背誦她學過的一篇課文似的，「我進屋時並沒打算拿走它，可是它看起來多漂亮啊。當我把它別在胸前時，我不可抗拒地被誘惑了。我拿著胸針去了『悠閒的曠野』，我想我可以在你回家之前放回原處的。當我走過『閃亮湖』上的小木橋時，我把胸針拿下來，想再仔細看看。哦，它在陽光下是那麼地絢爛奪目！可是，當我斜靠在橋欄杆上時，它卻突然從我的手指縫裡滑落，沉入『閃亮湖』水裡了。我知道我該受到處罰。請問這件事可以結束了嗎？我想無牽無掛地去參加野餐。」

「野餐？哼！難道你還指望去野餐嗎？安妮．雪麗。這是對你最輕的懲罰了。」

「不能去野餐！」安妮猛地站起來，一把抓住瑪麗拉的手，「啊，瑪麗拉，我一定要去參加野餐。我是為了這個才坦白的。除此以外，你想怎麼懲罰我都可以。求求你讓我去參加野餐！」

瑪麗拉冷酷地甩開安妮的手，「你不用求我，安妮，你不能去參加野餐，這事沒得商量了。」安妮明白，瑪麗拉的決心已經無法動搖了，於是她撲倒在床上，開始號啕大哭起來。

這是個沉悶的上午，瑪麗拉拚命地找事情做。等午飯煮好後，她便上樓去叫安妮：「下來吃午飯吧！」

「我什麼也吃不下。」安妮嗚咽著說：「我的心碎了。我想，總有一天你會因為讓我心碎而感到內疚，但是我會原諒你的。」

瑪麗拉做完一大堆事以後，忽然想到，星期一下午從外面回來時，她脫下的那條有蕾絲邊的黑披肩有個裂口，於是決定把它縫好。

披肩就放在她皮箱內的一個盒子裡。當瑪麗拉把它拿出來時，陽光透過一束束葡萄藤灑落進來，披肩上的一件東西閃爍出紫色的光芒。

那是紫水晶胸針，原來它勾到披肩上的一條蕾絲上了！

「我的天哪！」瑪麗拉茫然地說：「我的胸針居然好端端地在這裡，我還以為它躺在貝利池塘裡了。可是那女孩竟然說她把它拿走弄丟了，這到底是怎麼回事？哦！星期一下午我脫下披肩後，曾經把它放在衣櫃上。我想胸針就是那時候被勾住的。唉！」

瑪麗拉拿著胸針找到了安妮。安妮已經盡情大哭了一場，正垂頭喪氣地坐在窗邊。「安妮．雪麗，」瑪麗拉嚴肅地說：「剛才我在那件蕾絲的披肩上找到了我的胸針。今天早上你對我說的那些話是怎麼回事？」

「您不是說要把我關在這裡，直到我坦白為止嗎？」安妮沮喪地回答：「我一心想去野餐，就決定坦白了。昨天上床以後，我想出了一段說詞，然後練習了很多遍，這樣我就不會忘記了。結果您還是不讓我去野餐，我的一切努力全白費了。」

瑪麗拉不禁想笑，同時，她也感到自己的良心在隱隱作痛說：「安妮，是我錯了。你從沒說過謊，我不應該懷疑你。可是沒做的事，你也不該承認，這是不對的。但我更不該逼你。安妮，如果你原諒我的話，我也原諒你，我們重新開始。現在，準備去野餐吧！」

安妮像火箭似的一蹦而起，「噢，瑪麗拉，現在還來得及嗎？」

「來得及。現在才兩點鐘。他們還沒集合好。你先去洗洗臉、梳梳頭，然後穿上你的花格布衣服。我去給你裝一籃食物，再叫人用馬車送你到野餐的地方。」

「太好了，瑪麗拉！」安妮興奮地嚷道，飛也似地去洗臉。五分鐘前她還沉浸在悲哀中，甚至希望自己從來沒有出生過，可是現在，她高興得不知如何是好。

那天晚上，安妮興高采烈、精疲力竭，懷著滿腔無法形容的幸福感回到綠山牆農莊。

「噢，瑪麗拉，我玩得暢快極了。一切都太有趣了。我們吃了豐盛的茶點，然後到『閃亮湖』上划船。接著我們還吃了冰淇淋。我沒辦法用語言來形容冰淇淋，因為它實在太美味了！」

第四章　校園風波

艾凡利學校是一棟白色建築，屋簷低矮，窗子寬敞，教室裡擺著舒適結實的老式課桌椅，桌上刻滿了三屆學生的姓名縮寫和塗鴉。學校遠離喧鬧的街道，後面是一片高大茂密的冷杉樹林和一條小溪。每天早晨，學生們都會把裝牛奶的瓶子浸泡在溪水裡，午餐時喝起來就會又冰涼又好喝。

九月一日開學，瑪麗拉擔憂地看著安妮去上學。「安妮是那麼古怪的小女孩，她跟別的孩子合得來嗎？上課的時候，她能閉上嘴巴不講話嗎？」

然而事情進展得比瑪麗拉想像得要順利，傍晚，安妮放學回家時顯得興高采烈。「我想我會喜歡學校的，」她說：「可是，學校裡的菲利浦老師我就不太喜歡了。他上課時喜歡捻他的鬍子，要不就含情脈脈地看著波麗西·安德魯。」

「安妮，不要那麼說你的老師！」瑪麗拉嚴厲地說：「上學不是為了批評老師，我想他還是可以教你一些東西，你的責任就是學習，明白嗎？以後回家不准談論老師的是非，我不喜歡你這樣。在學校，我希望你做個品學兼優的好學生。」

Ann Shirley has a very bad temper. Ann Shirley must learn to control her temper.

「我是啊！」安妮一派輕鬆地說。「學校裡有許多和我談得來的好女孩，能交到這麼多朋友，真是令人高興。不過，我最要好的朋友還是黛安娜，這點永遠不會改變。我的功課比其他人落後很多，大家都學到五年級的第五冊了，只有我還在學四年級的第四冊，讓我覺得有點丟臉！可是我很快就發現，他們的想像力沒有我豐富。今天我們上了閱讀、地理、加拿大歷史和聽寫課。菲利浦老師說我拼字亂七八糟，我覺得很難為情。下課時，有人請我吃東西，送我卡片，還有人說，我有一個很漂亮的鼻子。瑪麗拉，這是我有生以來頭一次被人讚美，感覺有點彆扭呢！」

這是三個星期以前的事，安妮上學一切順利。九月秋高氣爽的早晨，安妮一如往常從綠山牆農莊出發，沿著「情人小徑」走到小溪邊，與黛安娜會合後，兩個人再沿著楓葉濃蔭蔽空的小徑，一路經過安妮為它們取名的「柳池」、「紫羅蘭溪谷」和「白樺小徑」，最後一起來到學校。

「今天吉伯特．布萊思會來上學了。」黛安娜說：「他非常英俊喔，安妮。可是，他取笑女孩子的時候可刻薄了，像是存心要把人氣死。對了，查理．斯隆喜歡你呢！他跟他媽媽說，你是學校裡最聰明的女孩。還說，一個人腦袋聰明比臉蛋漂亮更好。」

「不，我情願臉蛋長得漂亮。」安妮說，完全顯露出女人愛美的天性，「我也討厭有人把我跟查理湊成一對。不過，我很高興被人稱讚聰明。」

「從今天起，班上還會有吉伯特，」黛安娜說：「以前，他一直是班上的佼佼者。他快要十四歲了。四年前，因為他父親生病需要到外地治療，他才不得不跟著父親離開了三年。以後你要保持領先就沒那麼容易了，安妮。」

「我很高興有個好對手。」安妮說。

「你看，那就是吉伯特．布萊思。很帥吧？」黛安娜湊到安妮的耳邊悄聲地說。

「他確實是個美少年。」安妮坦率地說。

這時候，兩個女孩討論的對象——吉伯特——轉過頭來看向安妮，還朝她不斷扮鬼臉。

早上，一切相安無事。可是到了下午，鬧劇就登場了。

吉伯特一直試圖引起安妮的注意，但每次都以失敗告終，因為安妮一直托著下巴，失神地凝望著「閃亮湖」。如此大費周章，卻得不到青睞，讓吉伯特很不習慣！那個有著大眼睛、尖下巴、紅頭髮的女孩，總該看他一眼吧！於是，他走到安妮旁邊，一把抓起她的紅色辮子，壓著嗓子低聲說了幾次：「紅蘿蔔！紅蘿蔔！」

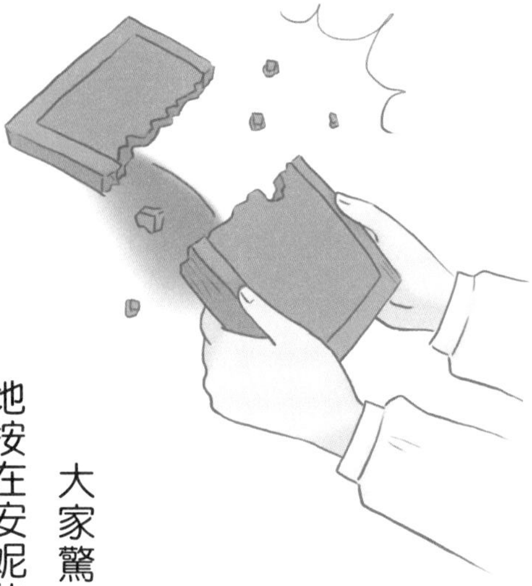

安妮猛地站了起來，怒氣沖沖地瞪著他，眼中盈滿憤怒的淚水。她激動地大喊，「你說什麼，你好刻薄！你好大的膽子！」隨後「啪」的一聲，安妮拿起她的寫字板，狠狠地敲在吉伯特的腦袋上，寫字板當場從中間斷成兩半。

大家驚恐地看著眼前的景象。菲利浦老師大步走過來，把手重重地按在安妮的肩膀上，惱怒地問道：「安妮．雪麗，這是怎麼回事？」

安妮一聲不吭，倒是吉伯特勇敢地大聲回答：「是我的錯，菲利浦老師，是我先取笑她的。」

「我很遺憾看到，我的學生表現出這樣的壞脾氣和報復舉動。」菲利浦老師神情嚴肅地說：「安妮，站到講臺上去，一直罰站到放學為止。」

安妮的身體像挨了鞭子一樣瑟瑟發抖。菲利浦老師拿起粉筆在黑板上寫下：「安妮、雪麗的脾氣暴躁。安妮、雪麗必須學會控制自己的脾氣。」然後大聲地將內容唸出來，讓班上所有人知道。

安妮沒有哭泣，也沒低頭。怒火在她的心中熊熊燃燒。吉伯特．布萊思，她再也不看他一眼！再也不和他說話了！

放學時，安妮抬頭挺胸地走出教室。吉伯特．布萊思在走廊出口想攔住她，「我很抱歉，我不該拿你的頭髮開玩笑，安妮。」他後悔地低聲說道：「我真的很抱歉。請不要再生氣了。」

安妮神情鄙夷地走了過去，沒有看他一眼。

「你千萬別在意吉伯特取笑你的頭髮。」回家的路上，黛安娜安慰她說：「他取笑過所有的女孩子。他也嘲笑我的頭髮，叫了我十幾次烏鴉；而且，我以前也從沒聽說他為什麼事道歉過。」

「說你是烏鴉和說我是紅蘿蔔完全是兩回事呀！」安妮鄭重其事地說：「吉伯特．布萊思嚴重傷害了我的心靈。黛安娜，我難受的像是要窒息了。」

但是，一波未平一波又起。艾凡利學校午休時間，學生們常常會去冷杉林裡撿堅果，等察覺菲利浦老師快回到教室時，才迅速地奔回教室，不過總會遲到個三分鐘。隔日，菲利浦老師心血來潮地宣布，希望他回到教室時能看到所有的學生都坐在位子上，誰遲到了就要受罰。午休時，很多學生依舊去了冷杉林，原本只打算待一會兒，可是冷杉林太有魅力了，時間不知不覺地流逝，直到有人驚呼：「老師來了！」大家才驚覺不妙！

在地面上的女孩子們先跑了起來，男孩子們也慌慌張張從樹上滑下來緊隨其後，而獨自哼著歌漫步在花叢間的安妮，也在最後一刻和男孩子們一起衝進了教室。

面對這一大群違紀的學生，菲利浦老師想找一隻代罪羔羊下馬威。他目光掃視了一圈，最後落在安妮的身上。此時安妮才剛氣喘吁吁地坐下，方才編好戴在頭上的花環忘記取下來，歪掛在一隻耳朵上，樣子十分狼狽。

「安妮·雪麗，你好像很喜歡和男孩子在一起，那麼，」菲利浦老師諷刺地說：「把頭髮上的花拿下來，過去和吉伯特·布萊思坐在一起。」

其他男孩子們捂嘴偷笑，黛安娜趕緊把花環從安妮的頭髮上取下來，安妮則鐵青著一張臉，緊緊握著雙拳盯著老師。

「聽見我說的了嗎？快照做！」老師厲聲命令。

安妮感到委屈極了，為什麼只有自己受罰？更糟的是，還要坐到最討厭的男生旁邊！她不情願地走到吉伯特身旁坐下，慘白的臉埋在臂彎裡趴在桌子上。

事情告一個段落，老師開始上課。趁沒人注意，吉伯特從課桌裡掏出一小塊粉紅色的心形糖，上面還有一句燙金的題詞「你好甜」。他把糖悄悄塞到安妮的臂彎下。安妮抬起身子，用指尖小心翼翼地夾起那顆糖，丟到地上，用腳跟踩得粉碎，接著又趴回桌上，看都不看吉伯特一眼。

當同學們都離開教室時，安妮走到她的課桌前，把所有東西全拿了出來，包括書、筆記本、鋼筆、墨水、《聖經》和算術課本，並整齊地堆放在那塊裂成兩半的寫字板上。

「我不會再回學校了！」安妮氣呼呼地說。

黛安娜吃驚地看著安妮：「瑪麗拉會讓你待在家裡嗎？」

「她必須這麼做。」安妮說：「只要那個人在，我絕不回學校！」

「唉，安妮！你胡說些什麼呀！」黛安娜看上去都要哭了，「你走了，我怎麼辦呢？你還是來上學吧！」

「為了你，我就是赴湯蹈火也心甘情願，黛安娜。」安妮悲傷地說：「可是別求我上學了，那只會讓我心痛。」

「你將錯過多少樂趣呀！」黛安娜哀傷地說。「我們有好多計畫不是嗎？」

可是什麼也動搖不了安妮。一回到家，她立刻把自己的決定告訴了瑪麗拉。

「胡說！」瑪麗拉怒罵道。

「這不是胡說。」安妮凝視著瑪麗拉，「你難道不明白嗎？我受到了侮辱。」

「沒什麼侮辱不侮辱的！明天你還是得去上學。」

「不，」安妮搖了搖頭，「我不回去。我要在家裡自己學習，我會表現良好的，而且我會儘量不說話。總之，我絕不再回學校去了。」

瑪麗拉在安妮那張小臉上看出她堅定的決心。她理智地決定暫時不再多說什麼。晚上，瑪麗拉去找了林德太太一起想辦法。

「你還是讓她待在家裡吧！等到她改變心意，就會自己提出要回學校的。別擔心，不到一個星期她就會冷靜下來，主動說願意回去了。如果你現在逼她，天曉得會惹出什麼更大的風波。」林德太太明智地提出忠告。

最後，瑪麗拉沒有再向安妮提上學的事。安妮在家裡學習、做家務，還在秋風涼爽的黃昏裡和黛安娜一同玩耍；如果不巧遇見吉伯特，她就會帶著一種冰冷、鄙夷的神情從他面前走過去。

一天傍晚，瑪麗拉發現安妮獨自坐在落日餘暉的窗前，傷心地哭著。

「安妮，發生什麼事了？」她問道。

「因為黛安娜啦！」安妮邊啜泣邊說：「我喜歡黛安娜，瑪麗拉。沒有她我就活不下去了。可是當我們長大之後，黛安娜就會結婚並離開我。哦，到那時我該怎麼辦呢？我想像著，在婚禮上，黛安娜穿著雪白的禮服，像女王一樣莊嚴美麗；我是伴娘，我也穿著漂亮的衣服，還有蓬鬆的燈籠袖，可是在我笑盈盈的臉龐下，卻藏著一顆正在破碎的心，默默地向黛安娜道別……」

瑪麗拉忍不住放聲大笑起來。「我說，安妮啊！」瑪麗拉好不容易止住了笑，「你的想像力真是太豐富了。」

綠山牆農莊的十月美極了，黃澄澄的樺樹和深紅色的楓樹，在花開葉落後，把大地妝點得色彩繽紛。

一個星期六的清晨，安妮抱著滿滿一大捧樹枝，輕快地跑進屋裡喊道：「噢，瑪麗拉，十月是真太好了。如果從九月一下子跳到十一月，那就太糟糕了。你看這些楓樹枝，我要用它們來布置房間。」

「你從外面撿來一大堆亂七八糟的東西，會把房間弄得一團亂，」瑪麗拉不解風情地說：「安妮，臥室是睡覺的地方。」

「噢，也是做夢的地方。房間裡有這些美麗的東西，會讓人做出美夢。」

「別把樹葉掉得滿樓梯都是。下午我要出去，安妮，你替馬修準備晚飯。你可以請黛安娜來這裡吃些茶點。拿一罐櫻桃果醬、切幾塊水果蛋糕。起居室壁櫥的第二層上還有覆盆子果汁，你和黛安娜喜歡的話可以拿來喝。」

瑪麗拉前腳一出門，安妮就立刻跑去請黛安娜來喝下午茶了。她們在可愛的果園裡，一邊吃著紅通通的蘋果，一邊盡情地聊著天。黛安娜有一大堆關於學校的情況要對安妮說——她不得不和格蒂．派伊坐在一起；山姆．布特和老師頂嘴；麥蒂．安德魯有了一件紅色新披肩。除此之外，班上每個人都非常想念安妮，希望她能回來；還有，吉伯特．布萊思……

可是安妮不想聽吉伯特．布萊思的事。她急忙跳了起來，說她們應該進屋去喝些覆盆子果汁。安妮看走進起居室，看了壁櫥的第二層，卻沒發現覆盆子果汁，她又仔細搜尋了一遍，才發現它放在最上層架上。安妮把瓶子放在托盤，然後將它和一個玻璃杯一起放到桌上。「來，黛安娜，請自己倒吧，不必客氣。」安妮殷勤地說：「我現在什麼也吃不下，大概蘋果吃太多了。」

黛安娜替自己倒了一杯，欣賞了一下那鮮紅的顏色，然後輕輕地啜飲。「這是非常可口的覆盆子果汁，安妮。」她說，「我

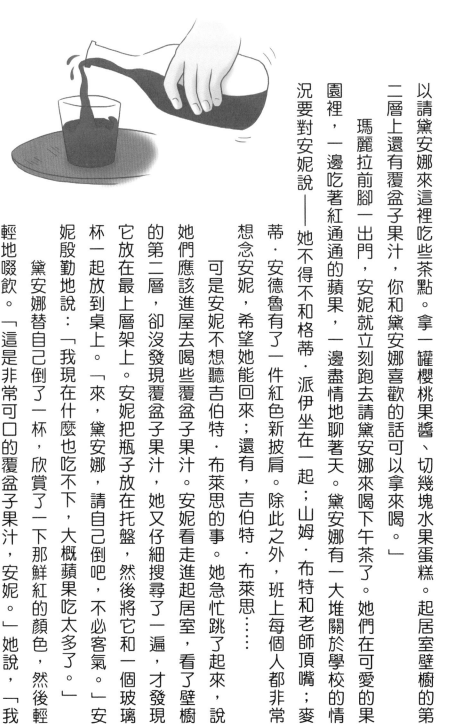

不知道覆盆子果汁這麼好喝。」

「真高興你喜歡。儘量喝吧！」安妮熱情地招呼。

黛安娜喝了滿滿的三杯，覺得美味極了。「這是我喝過最好喝的飲料，」黛安娜說，「比林德太太家的好喝多了。兩種味道完全不一樣。」

「我想瑪麗拉做的覆盆子果汁比林德太太做的好喝多了。」安妮誠摯地說：「瑪麗拉的廚藝是出了名的。她還教過我呢，不過實在是太難了……」

安妮繪聲繪影地說起自己學做料理的一堆糗事。忽然，黛安娜搖搖晃晃地想站起來，可又站不起來，只好坐下，用雙手捂著頭。「我……我覺得好不舒服。」她有點口齒不清地說，「我……我必須馬上回家。」

「噢，你還沒喝茶怎麼能回家呢！」安妮苦惱地說，「我立刻去泡茶。」

「我必須回家。」黛安娜昏昏沉沉但異常堅定地說。

「我替你切一塊水果蛋糕，再加一些櫻桃果醬。躺在沙發上休息一下，你會好受一些的。」安妮懇求道。

「我必須回家。」黛安娜不停地重覆這句話，就算安妮再三懇求也沒有用。

「我從沒聽說客人不喝茶就回家的。」安妮傷心地說，「你哪裡不舒服？」

「我的頭好暈。」黛安娜說。

黛安娜走起路來踉踉蹌蹌。安妮眼中含著失望的淚水，一直把她送到貝利家院子的柵欄門邊，然後一路哭著回到了綠山牆莊園。她傷心地把黛安娜喝剩的覆盆子果汁放回壁櫥，然後意興闌珊地為馬修準備晚餐。

隔天是星期日，大雨磅礴，所以安妮一直沒出門。星期一下午，瑪麗拉要她到林德太太家辦一件事。沒多久，安妮淚流滿面地跑了回來，悲痛欲絕地撲倒在沙發上。

「又出了什麼事，安妮？」瑪麗拉驚疑地問，「你沒頂撞林德太太吧？」

安妮哭得更傷心了，「今天林德太太去看望貝利太太了，貝利太太怒氣沖沖的，她說星期六我把黛安娜灌醉了，還說我是一個壞女孩，她永遠也不會再讓黛安娜和我一起玩了。」

瑪麗拉既吃驚又茫然地瞪著她。「把黛安娜灌醉了！你給她吃了什麼？」

「我只給她喝了覆盆子果汁，」安妮泣不成聲，「我沒想到覆盆子果汁也會讓人喝醉，就算是黛安娜那樣喝了三大杯，也應該不會醉的。」

「什麼醉不醉的！」瑪麗拉說著，大步朝起居室的壁櫥走去。她一眼認出架上瓶子裡裝的是她自己釀造存了三年的紅醋栗酒，這酒讓她在艾凡利深受稱讚，儘管還是有一些像貝利太太那樣比較古板的人竭力反對。瑪麗拉這才想起她已經把覆盆子果汁放到地窖去了，而不是像她告訴安妮的那樣放在壁櫥裡。她拿著酒瓶回到廚房，「安妮，你拿給黛安娜喝的是紅醋栗酒，不是覆盆子果汁。你喝不出來嗎？」

「我一口也沒喝。」安妮說，「我還以為這是果汁呢。我想熱情地招待客人，但黛安娜難受極了，我不得不送她回家。貝利太太說她醉得一塌糊塗，問她是怎麼回事，她只是傻呵呵地笑，然後倒頭就睡，而且一睡就睡了幾個鐘頭。她媽媽從她的呼吸裡聞出她喝醉了。她昨天一整天頭都痛得不得了，貝利太太氣壞了，一口咬定是我故意灌醉她的。」

「黛安娜這孩子也真是的，竟然一連喝了三杯。好啦，孩子，別哭了。雖然很遺憾，但這件事不是你的錯。」

「不，我一定要哭，因為我的心碎了。命運總是跟我作對。黛安娜和我就要永遠被拆散了。」

「別傻了，安妮，當貝利太太發現這件事其實並不能怪你時，她的態度會改變的。你今晚最好去跟她說清楚。」

「我沒有勇氣面對黛安娜的媽媽。」安妮說，「還是你去吧。你的話她可能更聽得進去。」

「好吧。」瑪麗拉也覺得還是自己去解釋比較妥當，「不要哭了，安妮，沒事的。」

可是瑪麗拉的解釋在貝利太太面前毫無說服力。看到瑪麗拉無功而返，安妮邁著堅定的步伐走出屋子，來到貝利太太家，怯生生地敲了門。貝利太太開門一見到安妮，火氣就上來了。

「你要做什麼？」她毫不客氣地問。

「噢，貝利太太，請您原諒我。我不是有意讓黛安娜喝醉的。我以為那只是覆盆子果汁。請你不要說，再也不讓黛安娜和我一起玩了，那會給我的生活蒙上一層悲哀的陰影啊！」

「我覺得黛安娜和你來往並不合適。你回去吧，好好注意你的行為。」貝利太太冷酷地說。

安妮的嘴唇顫抖著，「您可以讓我再見黛安娜一面做最後的道別嗎？」

「她跟著她爸爸出去了。」貝利太太說完後便關上了門。

第二天下午，安妮坐在窗邊縫拼布，忽然瞥見黛安娜站在「仙女之泉」旁朝她神祕地招手。安妮立刻飛奔了過去。

「你媽媽還是沒有原諒我嗎？」安妮喘著氣問。

黛安娜沮喪地搖搖頭，「沒有。她說我再也不能和你一起玩了。我不停地哭，我告訴她這不是你的錯，可是一點用處也沒有，所以我求她讓我來和你道別。」

「我們要互相道別了。」安妮淚眼汪汪地說，「噢，黛安娜，不管你以後交了多少好朋友，你可以保證永遠不忘記我這個知心朋友嗎？」

「當然，」黛安娜啜泣著說，「我永遠也不會交別的知心朋友了——我不想要。除了你，我誰也不愛。」

「啊，黛安娜，你愛我？」安妮緊握著雙手喊道。

「我當然愛你。難道你不知道嗎？」

「我知道你喜歡我，但我從來不敢奢望你愛我。我以為沒有人會愛我，從我懂事以來，沒有人愛過我。你的愛好比一道光，將永遠照亮我的孤獨生活，黛安娜。」

「我愛你，安妮，」黛安娜保證道：「從今往後永遠都愛你。請多保重。」

安妮站著目送好友離去，黛安娜也頻頻回頭。最後安妮落寞地回到了屋裡。

「一切都結束了。」安妮告訴瑪麗拉，「我再也不交朋友了。在小溪旁邊，黛安娜和我互道珍重，心碎地別離了。這場離別永遠會是我記憶中最神聖的一幕。黛安娜給了我一綹她的頭髮，我要把它縫進小布袋，一輩子戴在脖子上。我相信自己活不了太久了，到時，請您記得把它和我一起埋葬。也許當貝利太太看到我死後冰冷地躺在那兒時，會心生懊悔，並讓黛安娜來參加我的葬禮。」

「只要你能說話，你就不會因悲傷而死的，安妮。」瑪麗拉毫不同情地說。

第二個星期，安妮提著她裝書的籃子，對瑪麗拉說：「我要回學校去。既然我和好朋友被無情地拆散，我沒別的辦法，只能這樣做了。到學校就會每天見到黛安娜了，我可以看著她緬懷過往。」

安妮回到學校後，受到眾人熱烈的歡迎。朱麗亞．貝爾在一張淡雅的粉紅色紙上工整地抄了一段熱情洋溢的詩句：

致安妮：
當夜幕慢慢垂落，
星星閃爍在天際，
請記住你有一位知己，
儘管她可能漸行漸遠。

「能受人歡迎真不錯。」那晚，安妮嘆息著對瑪麗拉說，「可是，黛安娜為什麼連笑都沒有對我笑一下呢？」

第二天上午，一張摺疊得異常精巧的紙條和小信封被送到安妮的手裡。

親愛的安妮：

媽媽說不准我和你一起玩或說話，連在學校裡也不能。別生我的氣，我還像以前一樣愛你。我好想念以前可以把祕密統統告訴你，而且我一點也不喜歡葛蒂。我用紅紙為你做了一張新書籤，現在很流行這種書籤，可是全校只有三個人會做。每當你看著它，請記得我。

你忠實的朋友　黛安娜·貝利

安妮吻了書籤，然後很快也回了一張紙條。

親愛的黛安娜：

我當然不會生你的氣。我們是心靈相通的好朋友。我要永遠保存你漂亮的禮物。蜜妮·安德魯是個很乖的小女孩，只是沒有一點想像力。而且，既然我和黛安娜做了摯友，我就不會再是蜜妮的摯友了。

你一生的密友　安妮·雪麗

附帶一提：今晚我要枕著你的紙條入睡。

自從安妮重新開始上學，瑪麗拉便一直擔心她還會惹出麻煩。可是什麼也沒發生。她和菲利浦老師相處得很好，也全心全意地埋頭學習，決心不讓吉伯特在任何一門功課上超越自己。兩人在成績上競爭激烈。

學期結束後，安妮和吉伯特都升上了五年級，開始學習「副科」，也就是拉丁文、幾何學、法文和代數。對安妮來說，最頭痛的就是幾何學了。

「這玩意兒真可怕，瑪麗拉。」她呻吟著說，「我肯定一輩子也無法弄明白。那裡面一點想像的空間都沒有。就連黛安娜也學得比我好，但我不在意。雖然我們見面時好像陌生人，但我對她的愛永遠不變。有時候想起她，我還是非常傷心。不過，在精彩有趣的世界裡，一個人怎能一直傷心的生活呢，是不是？」

一月，加拿大總理為了競選而來到愛德華王子島。政見發表會那天，幾乎所有的人都到三十哩外的鎮上，去聽總理演講了。林德夫婦去了，瑪麗拉也跟著去了，要到第二天才會回來。當晚，瑪麗拉離開後，安妮和馬修一起待在溫暖的廚房裡，馬修手捧著一本書在打瞌睡，安妮則在溫習功課。

忽然，黛安娜臉色蒼白地衝了進來。

「噢，安妮，快來，」黛安娜焦慮地哀求，「明尼．梅病得很厲害，是喉炎。

我的父母都到鎮上去了，沒人能去請醫生。我好害怕！」

馬修一聲不響地拿上外套，很快地消失在夜色當中。

「他一定是去請醫生了。」安妮說。

「他找不到醫生的。布雷爾醫生到鎮上去了，我猜史賓瑟醫生也去了，林德太太又不在。喔，安妮！」黛安娜抽噎著說。

「別哭了，黛安娜，」安妮爽快地說，「我知道怎麼對付喉炎。哈蒙太太生過三對雙胞胎，他們有幾個都得過喉炎。我去拿一瓶吐根糖漿，走吧！」

兩個小女孩手拉著手，飛也似地跑過「情人小徑」。安妮雖然擔心明尼·梅，但也因為可以和好友重享友誼而感到開心。

三歲的明尼·梅病得很厲害。她躺在沙發上，發著高燒，整間屋子都能聽到她重濁的呼吸聲。安妮一到黛安娜家，便俐落地開始工作。

「明尼．梅得的是喉炎沒錯，她病得不輕。我們需要很多熱水。我要幫明尼．梅脫掉外面的衣服，把她放到床上，黛安娜，你去找些柔軟的絨布。我先給她吃一次吐根糖漿，接著還要吃好幾次才行。」

當馬修帶著醫生趕過來時，已經是凌晨三點鐘。明尼．梅的病情好轉了很多，正睡得香甜，因為安妮做了正確的急救處理。事後，醫生對貝利夫婦說：「卡伯特家的那個紅髮女孩真是了不起。是她救了這孩子的命，如果等我趕來就來不及了。她頭腦清楚又沉著，真叫人驚嘆。」

清晨，安妮和馬修才踏上了歸途，冬日的白霜如雪，楓樹林好似童話王國般地在朝陽下閃閃發光。「噢，馬修，我真高興哈蒙太太生了三對雙胞胎，不然我也不知道該拿明尼．梅怎麼辦。以前我還一直埋怨她怎麼生那麼多雙胞胎呢，真是錯怪她了。」

累壞的安妮一回到家就蒙頭酣睡，醒來時已經是下午了。

「啊，你見到總理了嗎？」安妮一見到瑪麗拉就立刻嚷道：「他長得好看嗎？」

「至少他不是靠著長相才當上總理的。」瑪麗拉說，「快吃飯吧，你一定餓壞了！昨晚的事我聽馬修說了，真多虧有你，要不然就糟了。好，先吃飯再說吧。」

看著安妮吃完午飯，瑪麗拉才告訴她一個消息：「貝利太太下午來了，安妮。她想看看你，可是我不忍心叫醒你。她說是你救了明尼•梅的命，還說她為自己在紅醋栗酒那件事上錯怪你而感到慚愧。她希望你能原諒她，並重新和黛安娜成為好朋友。晚上，如果你願意的話，可以到他們那裡去。」

安妮抑制不住內心的激動，一躍而起，臉上洋溢著歡樂興奮的表情，根本等不及到晚上，央求瑪麗拉答應後，就如一陣旋風般奔向黛安娜家去了。

晚上，安妮歡快地蹦蹦跳跳著回來。「瑪麗拉，現在站在你面前的，是世界上最幸福的人。」安妮宣布道，「除了紅頭髮之外，但還是最幸福的。貝利太太流著熱淚親吻我，說她永遠無法報答我的救命之恩，害我有點難為情呢。黛安娜還給了我一張精美的卡片，上面印著玫瑰花環和一句詩：

如果你愛我，正如我愛你，

除了死亡，什麼也無法使我們分離。

「瑪麗拉，為了紀念這個難忘的日子，晚上我會想個特別的禱告詞的。」

第五章　想像出了錯

二月，黛安娜的生日到了。前一晚，安妮好不容易才說服瑪麗拉同意，讓她和黛安娜放學後一起參加「辯論俱樂部」在大會堂舉行的音樂會，晚上她們會睡在貝利家的客房。那天，安妮興奮得無法專心上課，結果吉伯特．布萊思在拼寫和心算上打敗了她。不過想到能去音樂會，還能睡在客房裡，安妮屈辱的感覺就減輕不少。

放學後，安妮和黛安娜精心打扮一番，興奮出席了這場精彩的音樂會，只有吉伯特朗誦詩時，她才感到乏味。抵達貝利家時，已經晚上十一點了。屋子裡靜悄悄的，一片漆黑。

「我們比賽看誰先跑到床上。」安妮建議。

兩個小小的身軀跑過長長的樓梯，同時跳到了床上。這時，有什麼東西在床上蠕動了一下，掙扎似地叫了一聲，用含糊不清的聲音驚呼：「仁慈的上帝啊！」

驚魂未定的安妮和黛安娜也不知道自己是怎樣離開那張床的。她們跑出房間，躡手躡腳地下了二樓。

「啊，那是誰——那是什麼東西？」安妮顫抖著問道。

「那是約瑟芬姑婆。」黛安娜笑得喘不過氣來，「她至少有七十歲了，我簡直不敢相信她曾經也是個小女孩。噢，不知道她怎麼會在那裡。她會很生氣的，安妮。這太可怕了。我們得和明尼．梅一起睡了，她的睡相很差的。」

第二天早餐時間，約瑟芬姑婆沒有在飯桌上露面。貝利太太對兩個小女孩和藹地微笑著，「昨晚玩得愉快嗎？我本來想等你們回家以後再去睡的，因為我想告訴你們約瑟芬姑婆來了，所以你們得到樓上去睡。可是我實在是太睏了，最後還是不小心睡著了。我希望你沒有打擾到姑婆，黛安娜。」

黛安娜沉默著，只偷偷和安妮相視一笑，雖然內疚卻覺得好玩。早餐後，安妮就回家了，渾然不知之後在貝利家發生的事。傍晚，她才從林德太太那裡得知，約瑟芬姑婆原先打算在貝利家待一個月，可是現在卻決定明天就回鎮上去；還有，本來她答應替黛安娜支付一季的音樂課學費，也因為覺得她太粗野無禮而拒絕支付。安妮得知後，馬上跑去找黛安娜。

「約瑟芬姑婆氣得暴跳如雷，安妮。」黛安娜說道，「她說我是她見過最不懂禮貌的女孩。她說她不想再待在我家了，我當然不在乎，但爸爸媽媽在乎。」

「我去告訴她，一切都是我的錯吧！」安妮說道。

「我覺得你進去也是沒用的。」黛安娜讓安妮不要自投羅網。

「我已經很害怕了，黛安娜。別再嚇我了。」安妮懇求著，「我必須這樣做。這是我的錯，我得承認。」

「那好吧！她在房間裡。你想進去就進去吧！」黛安娜無奈地同意。

約瑟芬姑婆沉著臉坐在火爐旁，怒氣沖沖地織著毛衣，顯然火氣未消，見到安妮，她不悅地問：「你是誰？」

「我是綠山牆農莊的安妮，」小客人戰戰兢兢地說，「我是來認錯的。昨晚，我們跳上床壓在您的身上，那全是我的錯，是我提議這樣做的。黛安娜是一個淑女，責怪她是不公平的。」

「但是黛安娜也跳了。」

「我們只是鬧著玩的。」安妮堅持道，「請原諒我們，我們已經道歉賠罪了。不管怎麼說，請原諒黛安娜，請讓她去上她的音樂課吧，她很想上課的。無法達到願望的感覺多難受呀！如果您一定要生氣，就生我的氣吧！我已經習慣別人對我發火了，我比黛安娜更能忍受。」

聽完，約瑟芬姑婆的怒火消退了許多，眼神中閃過一絲興趣。不過她還是口氣嚴厲地說：「我不會因為你們是鬧著玩的，就原諒你們。你不知道，經過辛苦的長途旅行之後，好不容易睡得正香甜，卻突然間有兩個大女孩跳到你身上，把你嚇得驚醒過來，是什麼樣的感覺！」

「我不知道，但我想像得出來。」安妮熱切地說，「我相信這一定嚴重地打攪到您了。不過，請您也設身處地為我們想想吧！我們根本不知道那張床上有人，您差點把我們嚇死。而且，我們失去睡在夢寐以求的客房機會了。我想您是慣常睡在客房的。可是，請想像一下，如果您是個孤苦的女孩，過去從沒得到過這份殊榮，好不容易有機會卻又白白失去，您會怎樣想呢？」

約瑟芬姑婆哈哈大笑，所有的怒火都煙消雲散，「我的想像力恐怕已經生銹，太久沒用啦！來坐在這裡，跟我談談你自己吧！」

「很抱歉，現在不行，」安妮回答，「我很願意跟您談，因為您好像是一位挺有意思的女士，甚至可能成為我的知音，儘管您的樣子不太像。可是我得回去幫瑪麗拉的忙了。請告訴我，您是不是願意原諒黛安娜，按照原計劃在艾凡利待到您預計離開的那一天？」

「如果你能偶爾過來和我談談天，我也許願意留下來。」約瑟芬姑婆說。

那天晚上，約瑟芬姑婆送給黛安娜一隻銀手鐲，又告訴貝利一家，「我決定留下，但我只是為了更瞭解安妮。」她坦率地說，「我對她很感興趣。這輩子，能引起我興趣的人實在是太少了。」

不久後，約瑟芬姑婆和安妮成了親密的朋友。在離開時，她說：「請記住，安妮，如果你到鎮上來，一定要來看我，我會讓你睡在客房裡。」

「約瑟芬姑婆真的是我的知音。」安妮向瑪麗拉說，「雖然她看起來不像，一開始你根本看不出來，就和馬修一樣。實際上並非這樣。原來，世上可以成為知音的人，其實不少。」

六月的夜晚，果園開滿粉紅色的花朵，青蛙在歡聲歌唱，空氣裡洋溢著三葉草的芬芳。安妮坐在窗前讀書，房間的氛圍已經截然不同了。瑪麗拉幫安妮燙好上學穿的圍裙，坐下來嘆了口氣。她的頭又痛了，這個老毛病讓她感到身心俱疲。安妮看著她，說：「我真希望我能代替你頭痛。瑪麗拉，我會高高興興地為了你忍受痛苦的。」

「有你幫忙，讓我有時間休息就已經很好了。」瑪麗拉說，「你好像進步得很快，犯的錯比以往少了。」

「我今天打算表現得特別好，因為今天是周年紀念日。」安妮滿懷感激地說。

「什麼紀念日？」瑪麗拉疑惑地問。

「噢，瑪麗拉，去年的今天正是我來到綠山牆農莊的日子呀！我永遠也不會忘記這一天。這是我一生中的轉捩點。已經一年了，我一直非常幸福。當然，我也惹過不少麻煩，但一個人是可以改過自新的。瑪麗拉，你會後悔收留我嗎？」

「不會。」瑪麗拉說。她有時候甚至想不起來，在安妮來到綠山牆農莊之前，自己是怎麼生活的。「我不後悔。如果你的功課做完了，安妮，你去問問貝利太太，能不能把黛安娜的圍裙紙樣借給我。」

「啊，天……天太黑了。」安妮叫道。

「太黑了？現在才傍晚。誰不知道你天黑以後還經常往那邊跑呢！」

「明天天一亮我就過去。」安妮急切地說。

「今天晚上我就要用那張紙樣來剪裁你的新圍裙。馬上就去，快！」

「那我要繞遠路走。」安妮不情願地拿起帽子。

「從遠路走要浪費半個小時呢！」

「我不能穿過『鬼森林』，瑪麗拉。」

「哪來的『鬼森林』？」

「小溪那邊的雲杉林相當陰暗，我和黛安娜就想像那片樹林有鬼。我們只是為了好玩才亂編的，鬼森林多麼浪漫啊！我們想像出恐怖嚇人的情景：在晚上的時候，有一個穿白衣的女人會沿著小溪，發出悲慟的哀號，誰家有人死了，她就會在那裡出現，將冰冷的手伸向過路人的手。啊！瑪麗拉。我不想在天黑的時候穿過『鬼森林』。躲在樹後的白色東西，會竄出來一把抓住我的。」

「胡說八道！你竟然把自己編的故事當真了？」

「白天不相信，但天黑就不一樣了，那是鬼魂活動的時候。」

「安妮．雪麗！」瑪麗拉厲聲打斷她的話，「我可不許你再幻想了。現在立刻到貝利家去。為了給你一個教訓，你必須穿過那片雲杉林。」

安妮無法控制自己的想像，她對雲杉林怕得要命。可是任憑安妮怎樣哀求和痛哭，瑪麗拉依舊毫不讓步，非要讓安妮走進黑黝黝的林子。

「噢，瑪麗拉，你怎麼能這樣狠心呢？」安妮哭著說，「如果一個白色的東西一把抓住我，把我帶走了，你會怎樣呢？」

「我願意冒這個風險，」瑪麗拉無情地說，「我要趕走你幻想中的魔鬼。現在，快往前走。」

安妮不情願但只能照做，過橋的時候她舉步蹣跚，走在可怕的黑暗小徑時也是顫抖不已。事後安妮一直忘不了那次恐怖的夜行，十分懊悔她管不住自己的想像力。她幻想中的鬼怪潛伏在四周的暗影裡，隨時可能伸出冰冷的枯骨雙手，捉住嚇破膽的小女孩。走到窪地時，風正好穿起一片白樺樹皮，嚇得她心跳差點停止。兩根老枝椏摩擦時發出咿呀的聲音，害她嚇出一額頭的冷汗。俯衝飛過的蝙蝠，有如怪物的翅膀。走到草原時，她像是遭到一群白色厲鬼追趕，乾脆拚命地向前跑。終於抵達貝利家時，她已經上氣不接下氣，喘了半天才說出她來的目的。

黛安娜不在家，因此安妮沒有理由逗留，不得不再度面對恐怖的回程之路。安妮一路緊閉著雙眼，她寧可被樹枝刮得頭破血流，也不願再被一群白色厲鬼追趕。

當她終於跟跟蹌蹌地走過小木橋時，才如釋重負地長嘆一聲。

「沒有鬼怪把你抓走？」瑪麗拉冷漠地說。

「瑪……瑪麗拉……」安妮聲音顫抖地說：「以後……平淡無奇……我就很滿足了。」

第六章　都是面子惹的禍

「我的天，這個世界不是相聚就是別離。」六月的最後一天，安妮悲哀地說。菲利浦老師要走了，他說的臨別感言令人感動，女孩們都哭了，安妮回想起菲利浦老師對待她的種種，說話既難聽又尖酸刻薄，但此刻她也忍不住哭了。幸好接下來有兩個月假期，讓她很難繼續絕望下去。

對菲利浦老師離開的難過漸漸淡去後，安妮開始對新到任的牧師夫婦感到好奇。這一對新婚的年輕夫婦，看起來非常和藹可親，他們對自己所選擇的職業充滿了熱情與熱誠。從一開始，人們就對他們敞開了心扉，無論男女老少都喜愛這位坦率、有抱負的年輕人，以及他溫柔嬌小的夫人。

沒多久，安妮就全心全意地愛上了牧師夫人。「艾倫夫人教我們主日學，她是個很棒的老師，瑪麗拉，她允許我們提問，我最愛問問題了。」

「哪天我們一定要請牧師夫婦倆來家裡喝茶，他們幾乎去過村裡一半以上的人家裡作過客了。你可以做個果凍蛋糕。」瑪麗拉說道。

星期三上午。太陽一露臉，安妮就起床了，因為她興奮得睡不著。早餐後她便開始製作蛋糕，直到把蛋糕放進烤箱後，才鬆了一大口氣。

蛋糕從烤箱拿出來時既鬆又軟，安妮趕緊在上面加上一層紅色果凍。她還使出渾身解數，以獨特的藝術品味，利用大量的玫瑰花和羊齒植物，將餐桌裝飾得美輪美奐，讓牧師夫婦入座時，都驚呼太美了。

「艾倫夫人，請吃一塊吧，是安妮特別為你做的。」瑪麗拉笑著說。

艾倫夫人吃了一口，臉上出現很奇特的表情，瑪麗拉見狀也急忙嚐了一口。

「安妮，你在蛋糕裡到底放了什麼？」她驚呼道。

「我放了香草啊！」安妮自己也嚐了一口說。

「去把那瓶香草拿過來！」瑪麗拉吩咐。安妮飛快地去拿了過來，瑪麗拉拔開瓶蓋聞了聞：「安妮，你在蛋糕裡放了止痛藥水，上星期我把打破的藥瓶裡剩下的藥水放進香草瓶子裡，沒告訴你，我也有錯，但你怎麼聞不出來呢？」

「我聞不出來，因為我鼻塞了。」安妮哭著說道，羞得連頭都不敢抬起來。

「那只是個無心之過，任何人都會出錯的。」艾倫夫人安慰安妮。

客人告辭後，安妮雖知自己犯下大錯，但她向瑪麗拉說：「你發現了嗎？我有一個振奮人心的優點，就是同樣的錯誤我從不犯第二次。」

八月的一個傍晚，安妮受邀到牧師館去喝下午茶。黃昏時分，安妮踏著暮色歸來。她依偎在瑪麗拉的懷裡，幸福地向她講述一切經過。

「噢！瑪麗拉，今天真是太迷人了。艾倫太太看上去如同天使一般。等我長大了，我也要成為牧師的妻子。艾倫太太本性善良，就像馬修一樣，你可以輕易地便愛上他們，一點也不困難；反之，像林德太太的話，你就得努力去愛她。

「喝完茶後，艾倫太太和我暢快談心。我告訴她關於湯瑪斯太太，還有雙胞胎，以及我來到綠山牆農莊的經過和我學習幾何的煩惱。她說她的幾何學也很差，這給了我多大鼓舞啊！

「在我離開之前，林德太太來到牧師館，說學校理事會聘請了一位新教師，是位女士，叫茱莉．史黛西小姐，她認為這項創舉十分冒險。我倒覺得女老師很棒，離開學還有兩個星期，我迫不及待想見到她呢！」

一個星期之後，安妮和班上的幾位女孩受邀參加黛安娜．貝利舉辦的派對，玩得很盡興。喝完茶後，她們來到花園，開始玩起「敢不敢」的惡作劇遊戲。

首先，卡瑞．史隆問露比．吉利敢不敢攀爬門前那棵高大的老柳樹；露比對這棵樹上的綠色大毛毛蟲怕得要命，更擔心會扯壞自己的新衣服，但儘管如此，她還是手腳靈活地完成了任務。接著，喬西．派伊問珍．安德魯斯敢不敢單腳繞著花園跳一圈，結果他才跳過第三個轉角就再也跳不動了，只好認輸。喬西顯得志得意滿，於是安妮向她挑戰敢不敢在木板柵欄頂上走一趟；喬西帶著漫不經心的神情成功走了一趟之後，向安妮投去輕蔑的一瞥。

「我不認為走一趟又矮又小的木板柵欄有什麼了不起，」安妮說，「我知道有個小女孩能走在屋脊上呢。」

「我不信有人能在屋脊上行走。至少你就沒有這個本領。」喬西直截了當地說。

「我沒有這個本領？」安妮漲紅了臉。

「那麼我就問你敢不敢在貝利先生家的廚房屋脊上走一遭。」喬西挑釁地說。

安妮的臉刷地變得蒼白，可是她已無後路可退。她向廚房走去，那裡剛好有一架扶梯靠在屋頂邊上。

黛安娜懇求道：「別這樣做，安妮，你會摔死的。別理睬喬西。問別人敢不敢做這樣危險的事是不公平的。」

「我一定要這樣做，因為我的榮譽受到威脅了！」安妮嚴肅地說，「我要不就

走過那道屋脊，要不就送命。黛安娜，如果我死了，我的珠子戒指就送給你了。」

在大夥兒屏住呼吸的沉默中，安妮爬上扶梯，來到屋脊上，設法走了幾步，便開始搖晃起來，突然一個腳步不穩，失去平衡，摔了一跤，從屋頂上滑落下來。大家甚至還來不及發出恐懼的尖叫，事情就已經發生了，只見安妮癱軟無力地躺在地上。

「安妮，你沒事吧？」黛安娜立刻跪到朋友身邊，尖聲嚷道，「噢，親愛的安妮！」

安妮昏昏沉沉地坐了起來，含糊地回答：「沒有，我只是摔傷了腳踝。噢，黛安娜，請你父親送我回家吧！我想我絕對無法走到那兒了。」

瑪麗拉正在果園摘蘋果，她看見貝利先生向這裡匆匆趕來，後面跟著貝利太太，還有一長排的小女孩。看到他懷裡抱著軟弱無力而倚靠在他肩上的安妮，就在那一瞬間，恐懼如同利刃插入瑪麗拉的心口，她頓時意識到，安妮在她的心中是多麼重要啊！

「貝利先生，她怎麼了？」她氣喘吁吁地問。此時的她臉色慘白，渾身顫抖，不像是向來冷靜又明智的瑪麗拉。

安妮抬起頭，親口回答：「別害怕，瑪麗拉。我走在屋脊上時摔了下來。我想我可能是扭傷了腳踝，還好沒有摔斷脖子，我們應該往好處想才對。」

瑪麗拉稍稍放心了一些，安妮則疼痛得昏了過去。

這時，從田裡匆匆趕回來的馬修，立刻出門去請醫生。醫生很快被請來了，檢查後，發現傷勢比想像的嚴重！安妮摔斷了腳踝。

晚上，哀嚎聲傳到瑪麗拉的耳中，她上樓，看見安妮躺在床上傷心地說：「瑪麗拉，你都不替我感到難過嗎？」

「你這是自作自受。」瑪麗拉反譏。

「所以，你更應該要替我感到難過。」安妮說，「要是能怪罪人，我會覺得好受得多。瑪麗拉，如果有人向你挑戰，問你敢不敢在屋脊上走，你會怎麼辦呢？」

「我會隨她怎麼說，仍然穩穩地站在地上。」瑪麗拉說。

「我只是無法忍受喬西的藐視。瑪麗拉，我已經受到痛苦的懲罰，請你不要再生我的氣了。我有六、七個星期不能走路，也看不到新來的女教師了。吉伯特……大家的功課都會超過我。唉！真苦惱。但是，只要你不生我的氣，我就會勇敢地忍受這一切。」

「好啦，我不生氣。」瑪麗拉說。

「好在我還有豐富的想像力可以陪我度過這些日子，真是幸運。」安妮說。

在接下來乏味的七個星期中，安妮不僅僅是依靠想像力度日，因為每天都有女同學來看望她，帶來鮮花和書，告訴她學校裡發生的一切。

「大家是多麼地善良和友愛，瑪麗拉。」在她第一次能一瘸一拐地在地上行走時，安妮幸福地嘆了口氣，「臥床不是一件愉快的事，但是，這時你才發現你有多少朋友啊。連主日學的貝爾教長都來看我了，他告訴我他小時候也曾摔斷腿。艾倫夫人已經來看過我十四次了！就連喬西．派伊也來看我了。黛安娜呢，她每天都來逗我開心。黛安娜告訴我，新來的史黛西小姐有著一頭漂亮的金色鬈髮和一對迷人的眼睛，她常讓學生朗誦文章或唸一段對話，還把他們帶到森林裡去戶外教學，在那兒研究蕨類植物、花卉和鳥類。相信我和史黛西小姐一定可以相處得很好。」

「安妮，你從屋頂上摔下來，一點兒也沒有傷著你的舌頭。」瑪麗拉調侃地說。

第七章　虛榮心的報應

安妮返回學校上課時，已經是十月份了，放眼望去全是紅色與金色的景致。清晨的山谷薄霧瀰漫，陽光把霧氣染成了紫色、珍珠白、銀色和藍色。空氣中有股強烈的味道，特別激勵小女孩的心，讓她踏著輕快的步伐上學去。

新來的史黛西老師成為了安妮另一位真誠的益友。她年輕聰明，又富同情心，深受學生愛戴。

「我全心全意地愛著史黛西老師，瑪麗拉。她端莊高貴，嗓音甜美。」安妮激動地說，「她上朗讀課時，教我們讀詩要把靈魂都放進去。到戶外教學時，她會把每件事都解釋得很清楚，還要求我們將經過寫成心得報告。全班我寫得最好。我最喜歡的是寫作課，史黛西老師通常會讓我們自選題目，下周我要寫一位了不起的人物，我希望自己能成為一個了不起的人。我最想當宣教士被派到國外去，要是不行，那就當護士隨紅十字會上戰場。」

然而戶外教學、朗讀課和體操課統統加起來，也不如史黛西小姐提出的一個

十一月份的計畫吸引人，那就是：聖誕節晚上在會堂舉辦一場音樂會，目的是籌措校旗的經費，只要有了校旗，團結愛校的心自然就可以培養起來。這個計畫受到全體同學的熱烈歡迎，大家很快就開始準備節目了。獲選上台演出的表演者中，要數安妮·雪麗最為興奮。

「我不贊成小孩子搞什麼音樂會又忙著練習，那只會讓他們變得虛榮又貪玩。」瑪麗拉發著牢騷。

「如果愛校和玩樂可以結合，那不是更好嗎？辦音樂會有趣極了，我們打算合唱六首歌，黛安娜獨唱一首。我會表演兩齣短劇：《壓抑流言擴散》和《仙后》。男生也要表演短劇。我還要朗誦兩首詩，一想到這我就渾身發抖，不過是興奮地發抖。

「最後表演的是以『信心、希望和慈悲』為主題的活人畫，戴安那、露比和我將身穿長袍、披著長髮，像畫一樣動也不動地站在台上。我演的是『希望』，兩隻手要緊握在一起，眼睛往高處看，像這樣。

「在短劇《仙后》裡，珍·安德魯扮演仙后，我演伺候她的仙女。我的頭上會戴上白玫瑰做的花環，露比·吉利會把她的涼鞋借給我穿，因為我自己沒有。瑪麗拉，你知道仙女一定要穿涼鞋的對吧？你難道不希望我表現傑出嗎？」

「我只希望你循規蹈矩。等到一切熱鬧過去，你能夠靜下心來就好了。你現在滿腦子都是短劇、朗誦和活人畫，我說什麼也沒用。不過，我想這場音樂會一定很精采，我相信你的表演也會很出色。」她望著安妮的小臉蛋說道。

這一老一小是最好的朋友，馬修不負責管教安妮，管教是瑪麗拉一個人的責任。因為教養責任若是落在馬修頭上，他就會夾在責任與好好先生的天性之間，左右為難。照瑪麗拉的說法，他最後一定會選擇嬌慣安妮。

十二月一個寒冷的傍晚，馬修走進廚房，坐在木箱上脫靴子時，安妮和她的一群同學正在起居室裡排練《仙后》。馬修一見到女孩子就很難為情，所以他便躲到暗處，害羞地窺視她們。安妮的表情非常生動，可是他突然注意到她似乎有什麼地方和別的同學不一樣。馬修想了一個晚上，終於找到了答案：安妮穿的衣服和別的女孩不一樣！別人都穿著紅色、藍色、粉紅色和白色的衣服，可是安妮的衣服總是樸素的深色服裝，袖子也和其他女孩的不同。他很納悶，但教養孩子的是瑪麗拉，她也許有自己的主張。可是，讓孩子有一件漂亮的衣服——像黛安娜．貝利經常穿的那種——肯定是不會有害處的。再過兩個星期就是聖誕節了，馬修決定要買一件漂亮的新衣服送給安妮，當然這事最好不要驚動瑪麗拉。

第二天傍晚，馬修駕著馬車來到鎮上。他下定決心要克服生性害羞這個最大的障礙，買一件女孩穿的衣服。可是最後，他卻莫名其妙地買了一把耙子和二十磅紅糖。他實在沒辦法了，只好求助於林德太太。

「替你選一件衣服送給安妮嗎？當然沒問題。不如讓我親手替她做件衣裳吧？一點也不麻煩。」熱心的林德太太一口就答應了。

「嗯，太感謝你了。」馬修說：「還有，現在好像流行不一樣的袖子，衣服的袖子能不能按新的樣式做？」

「是燈籠袖嗎？當然可以，不用擔心，馬修。」林德太太說。馬修離開後，她又自言自語地說：「看到那可憐的孩子總算能穿上一件像樣的衣服，真讓人高興。瑪麗拉給她穿的衣服簡直可笑。她自認懂得教養小孩，可是天底下沒有適合所有小孩的教養方式，教孩子從來就不是一加一等於二，瑪麗拉就錯在這裡。真沒想到馬修竟然注意到了這一點！那個男人昏睡了六十年，現在終於醒過來了。」

聖誕節前一天，林德太太帶來了做好的新衣服。瑪麗拉這才明白馬修近來為什麼總是神情詭異。

那年的十二月非常暖和，可是平安夜當天雪花飄落，使艾凡利村由綠轉白。

聖誕節早上，空氣裡充滿令人喜悅的清新氣息。安妮唱著歌跑下樓來，開心地大喊：「聖誕快樂，瑪麗拉！聖誕快樂，馬修！這真是一個美麗的聖誕節，大地一片雪白！哎喲——馬修，這是給我的嗎？」

馬修忸怩地取出那件新衣服，「這是給你的聖誕禮物，安妮。你喜不喜歡？」

安妮的眼睛裡湧出淚水，「喜歡！噢，馬修！這件洋裝精美極了，而且還是用漂亮柔軟的棕色絲綢布做的。我不知道該怎麼感謝你才好。瞧這袖子！啊，是最漂亮的燈籠袖！」

「好了，讓我們吃早飯吧。」瑪麗拉打斷她說，「好好愛惜馬修為你買的衣服吧。林德太太還為你留了一條紮頭髮的棕色絲帶搭配衣服。」

吃完早餐，黛安娜的身影出現了。

「聖誕快樂，黛安娜！這真是個美妙的聖誕節。馬修送了一件最最漂亮的洋裝給我呢！」

「我這裡還有一件東西給你。」黛安娜說，「約瑟芬姑婆派人送來了一個大盒子，說是要給

你的。」

安妮打開盒子，裡面是一雙非常精巧的鞋子。「噢，這份禮物太貴重了。我不是在做夢吧？」

「這應該感謝上帝的恩賜。」黛安娜說，「現在你不用借露比的大鞋去演一位仙女了，她的腳比你大了兩號。」

艾凡利學校的學生整天都興高采烈，晚上的音樂會大獲成功。所有人都表演得精彩極了，安妮則是最明亮的一顆星。她的朗誦博得了滿堂彩，許多人感動得落下淚來。那也是二十年來瑪麗拉和馬修第一次參加音樂會。

音樂會後，艾凡利學校回到了平日的生活軌道。冬季剩下來的那幾個星期，就這樣過去了。安妮已經十三歲了，在她生日那天，她和黛安娜輕盈地走過「白樺小徑」去上學。她發現自己已是青少年，再過兩年就要長大成人了，更開始注意起她的外表。

四月的某一天，瑪麗拉從婦女援助會開完會，正走在回家的路上。她知道自己到家時，桌上會已經擺好下午茶和茶點了。回想起安妮沒來以前，等待她的只有冷清的廚房，但現在不一樣了。想到這裡，她就覺得心滿意足。然而，當瑪麗拉走進廚房時，卻發現爐火熄了，而且，四處不見安妮。她頓時感到一陣失望和惱火。

「等安妮回來，我可要好好修理這位小姐。她一定和黛安娜到哪裡閒蕩了，要不就是寫故事、練習短劇，壓根兒沒想到時間和責任。」瑪麗拉做好晚飯時，天已經黑了，還不見安妮的影子。她板著臉洗好碟子後，走到安妮房裡，準備拿蠟燭去地窖。這一去，才發現安妮躺在床上，把頭埋在一堆枕頭中間。

「天哪！」瑪麗拉大吃一驚，「你睡著了嗎，安妮？」

「沒有。」一個低沉的聲音回答道。

「那你生病了？」瑪麗拉擔憂地問。

安妮把身子往那堆枕頭裡縮了縮，好像希望永遠躲避世人的眼睛一樣。

「沒有。可是，求求你，瑪麗拉，求你走開，不要看我。我正處在絕望的深淵。我再也不在乎誰在班上得第一，誰作文寫最好，或者誰能加入唱詩班了。這類小事現在無關緊要，因為我永遠也出不了門。我這一生完蛋了。求求你，瑪麗拉，請你走開，不要看我。」

「安妮．雪麗，到底出了什麼事？立刻告訴我。」瑪麗拉一頭霧水地說。

「瞧瞧我的頭髮。」安妮小聲說。

「你的頭髮怎麼啦？哎喲，怎麼變成綠色了！」

「是的，是綠色。」安妮嗚咽著說，「以前我以為沒有比紅髮更糟的顏色了。現在我才知道綠色比紅色更還難看十倍。唉，瑪麗拉，你不曉得我有多麼悲慘。」

「你怎麼把自己搞成這樣。你兩個多月都沒惹事，我以為你已經徹底改變了呢！說吧，你把頭髮怎麼了？」

「我染了頭髮。我實在太想擺脫紅頭髮了。」安妮承認道。

「那至少也要染一種像樣的顏色吧！居然染成綠色！」瑪麗拉譏諷道。

「我沒有打算染成綠色呀，瑪麗拉，」安妮為自己抗辯，「他向我保證會把頭髮染成美麗的烏黑色。」

「誰？」

「今天下午在這兒的小販。我向他買了染髮劑。他的大箱子裡裝滿了有趣的東西，這位猶太人告訴我，為了能存夠錢把妻兒從德國接來，他正在拚命地工作。他的深情打動了我的心。為了幫助他全家團圓，我想跟他買點東西。這時，我突然看見了一瓶染髮劑。他說保證可以染成美麗的黑髮，而且絕不褪色，我就買了下來。等他一走，我便馬上按照瓶子上的說明，用一把舊梳子在頭髮上塗染劑。當我看見頭髮染成這麼恐怖的顏色，我馬上就後悔了！」

「希望這件事能讓你學到教訓。」瑪麗拉嚴厲地說，「以後看你還敢不敢這麼愛慕虛榮，安妮。先把頭髮澈底洗一洗，看會不會好一點。」

可是安妮用水與肥皂用力地搓洗頭髮，卻一點用也沒有，那小販倒是說對了。

「噢，瑪麗拉，我該怎辦？我是愛德華王子島上最不幸的女孩。」安妮哭道。

安妮悲慘地過了一個星期，哪兒也沒去，天天在家裡洗頭。最後，瑪麗拉堅決地表示：「安妮，沒用的。你必須剪掉頭髮，你這樣不能出門。」

「統統剪掉吧，瑪麗拉。唉，我的心都碎了。因為頭髮染成難看的顏色而非剪不可，心裡怎麼會好過呢？」安妮說著又哭了起來。

瑪麗拉把安妮的頭髮剪得很短，盡可能地剪去染成綠色的部分。

「在頭髮長回來之前，我再也不照鏡子了。噢，不，我要看。我要為愛慕虛榮贖罪。之前我很在乎紅髮，從不覺得自己濃密又鬈曲的長髮有多漂

亮。現在我知道我錯了。」

安妮的短髮在學校造成了轟動，幸好沒有人知道原因，這讓她鬆了一口氣。沒多久，大家都把目光轉移到實地演戲上了。

演出依蓮逐波漂流到卡美洛是安妮的主意，依蓮是十三世紀《亞瑟王》故事中深愛騎士藍斯洛的女子，曾坐船漂流到卡美洛宮廷。去年冬天，安妮在學校裡上課時讀過桂冠詩人丁尼生的詩，覺得白百合少女依蓮、藍斯洛、王后、亞瑟王無比真實，還惋惜自己沒有生在卡美洛宮廷，她覺得那個時代浪漫多了。

她的構想立刻得到了熱烈響應。女孩們發現，如果從岸邊把平底船推出去，船會順著水流從橋下往低處漂流，最後在池塘一個轉彎處停住，那是一小塊陸地。她們曾經好多次這樣漂流而下，現在要演依蓮這齣戲就非常容易了。

安妮被推舉出來演依蓮，露比扮亞瑟王，珍演王后，黛安娜飾藍斯洛。

安妮平躺在船裡，閉上雙眼，兩手交叉著放在胸前。

「噢，她看上去像真的死了。」露比緊張地說。「這真讓我害怕，女孩們。這樣做真的對嗎？林德太太說，演死去的戲絕對會招惡運。」

「露比，你不該提到林德太太，」安妮嚴肅地說，「真是破壞氣氛，我們演的可是好幾百年前的事。如果依蓮死了還能說話，不是笑死人了嗎？珍，該你出場了。」

珍臨危不亂。沒有金縷衣，她就用一塊黃色的鋼琴罩代替。沒有雪白的百合花，就讓安妮拿著一朵藍蝴蝶花。

「一切準備就緒，」珍說，「我們必須悲痛地吻她的額頭。黛安娜，你說：『妹妹，永別了。』露比，你說：『永別了，親愛的妹妹。』安妮，請你淺淺微笑，依蓮『微笑地躺著』。好，現在把平底船推出去。」

於是，平底船被推了出去，半路還撞到埋在土裡的一截棍子。黛安娜、珍和露比看到船順著水流往下漂向圓木橋，就飛奔著穿過森林，越過小路，來到下游轉彎處的一小塊陸地，也就是藍斯洛、王后和亞瑟王應該迎接白百合少女的地方。

緩緩隨波逐流的幾分鐘，安妮陶醉在浪漫之中。接著，一件完全不浪漫的事發生了。平底船開始漏水，才一眨眼功夫，依蓮就不得不爬起來，拿著她的金縷衣，茫然地注視著船底的一條大裂縫，水是從那兒灌進來的。安妮很快就明白了自己身處險境：在漂到下游的陸地之前，平底船就會淹沒。槳呢？留在岸上了！

安妮喘著氣，發出一聲淒厲的叫喊；她嚇得嘴唇發白，但還是保持冷靜。有一個機會——只有一個。

「我嚇得魂都沒有了。」第二天安妮對艾倫太太說：「小船慢得像是要幾年才漂得到橋底下似的，船裡的水越積越高。我虔誠地禱告，盼望平底船盡量靠近橋墩，讓我能在瞬間爬上去。上帝聽見了我的禱告。我爬上了橋墩，緊緊抓著一根大木樁不放，上不去也下不來。那處境一點兒也不浪漫。」

平底船從橋下漂過，很快就沉沒在激流裡了。露比、珍和黛安娜正在下游的陸地上等著，一看到小船在眼前消失，便理所當然地認為安妮已經和小船一起沉入河裡了。她們被這幕悲劇嚇得呆若木雞。清醒過來後，便扯開嗓子尖叫，拔腿瘋狂地奔過森林，在越過小路時也顧不得往小橋這邊看一眼。攀著橋墩的安妮看到她們飛奔的身影，聽到她們尖厲的叫喊，知道自己即將獲救，可是她的姿勢難受極了。

時間一分一秒地過去了，對於不幸的白百合少女來說，每一分鐘都像一個鐘頭那樣難熬。為什麼沒有人來呢？女孩們都上哪兒去了？要是沒有人來，她該怎麼辦？要是她筋疲力竭再也抓不住了呢？安妮看著水影，不禁冷得發抖，幻想著可怕的結局。

正當安妮覺得再也撐不下去時，吉伯特划著小漁船從橋下過來了。

「安妮．雪麗！你怎麼會在那裡？」吉伯特大聲嚷著。

不等安妮回答，他已經把船靠近橋墩，向安妮伸出手去。安妮實在沒有辦法了，只好緊緊抓住他的手，從橋墩上滑下來，爬進了小漁船。她氣呼呼地坐在船尾，手中捧著濕漉漉的鋼琴罩。在這種狼狽的情況下，她很難擺出尊貴的姿態！

「出了什麼事，安妮？」吉伯特問著，同時搖起他的槳。

「我們在扮演依蓮，」安妮看也不看她的救命恩人，冷淡地解釋道，「我得坐在遊艇裡——我指的是平底船——順水漂往卡洛廷。平底船漏水了，我就爬出來攀上橋墩。女孩們跑去求救了。請你划船載我到岸邊，好嗎？」

吉伯特熱心地往岸邊划去。安妮不屑於接受他的幫助，敏捷地跳上了岸。

「非常感謝你。」她轉身離開的時候傲慢地說。可是吉伯特也跳上岸，用一隻手拉住了安妮的手臂。

「安妮，」他匆促地說，「難道我們不能成為好朋友

嗎？我非常後悔那時候我取笑了你的頭髮。我當時只是想開個玩笑。而且，那是很久以前的事了。你的頭髮現在漂亮極了，真的。讓我們成為朋友吧。」

安妮猶豫了一會兒，看著吉伯特流露出羞澀又熱情的眼神，她的心跳瞬間加快，可是馬上又想起兩年前，吉伯特當眾取笑她是「紅蘿蔔頭」，害她在全班同學面前顏面盡失。她的怨恨似乎絲毫沒有隨著時間淡化。她永遠不會原諒他！

「不，」她冷冰冰地說：「我們永遠不會成為朋友，吉伯特．布萊思！」

「好吧！」吉伯特跳進他的小船，面露怒容，「我永遠也不會再邀請你做我的朋友了，安妮．雪麗。」說完他便迅速划著槳離開了。

安妮走在小路上，頭抬得很高，心裡卻升起一股奇怪的悔意。她簡直希望自己不要用這種態度對待吉伯特。總之，安妮真想坐在地上痛痛快快地哭一場。

順著小路走到半途中，她看見珍和黛安娜正一臉無助地朝她迎面奔來，她們沒有找到貝利先生和貝利太太，也找不到瑪麗拉和馬修。

「啊，安妮，」黛安娜喘著氣說，「噢，安妮，我們還以為……你……淹死了。我們覺得自己是凶手。噢，安妮，你是怎麼死裡逃生的？」

「我爬上了橋墩，」安妮疲乏地解釋說，「後來吉伯特划著小漁船過來，把我帶到了岸上。」

「噢，安妮，他多麼了不起啊！這真夠浪漫的！」珍終於喘過氣來說話了。安妮毫不猶豫地說：「我再也不願聽到『浪漫』這個詞了。」

當下午的事情傳開時，貝利和卡伯特兩家驚恐萬分。

「你到底能不能有些頭腦呢，安妮？」瑪麗拉說。

「噢，是的，我想我會有，瑪麗拉。」安妮樂觀地回答，她已經獨自在房間裡痛哭了一場，舒緩許多，此刻又恢復開朗的心情，「今天的事給了我一次教訓。自從我來到綠山牆農莊，就不斷地犯錯，但每一個錯都治好我一個嚴重的毛病。紫水晶胸針那件事，使我改掉了亂碰別人東西的毛病。我在『鬼森林』上犯的錯，治好了我讓想像力失控的毛病。染頭髮治好了我的虛榮心。今天的錯，會治好我太浪漫的毛病。你不久就會發現我的進步的，瑪麗拉。」

「但願如此。」瑪麗拉懷疑地說。

可是等瑪麗拉出去以後，剛才默默坐在角落裡的馬修若有所思地說：「不要完全拋棄你的浪漫，安妮。保持一點兒浪漫。」

第八章　榮譽和夢想

天快黑了，十一月的黃昏籠罩著綠山牆農莊。安妮蜷縮在壁爐前的地毯上，她本來一直在看書，看著看著就做起了白日夢。她正幻想著自己身在西班牙城堡中，展開一場奇妙刺激的探險。

「安妮，」瑪麗拉突然喚道，「下午你和黛安娜在外面玩的時候，史黛西小姐來過這裡。」

安妮回過神來，嘆了口氣說：「是嗎？為什麼你不叫我一聲呢？我和黛安娜只是到『鬼森林』裡去了。最近我們聊的一些話題都很嚴肅，我們都覺得自己的年紀夠大了。瑪麗拉，我們快十四歲了！史黛西小姐說過，在這個年紀，要格外注意自己養成的習慣和理想，因為到了二十歲我們的人格發展就會定型，人生的基礎也打好了。她還說，如果我們的基礎不穩固，就很難在上面建立有價值的事物。黛安娜和我認真討論過這個問題。我們決定要培養良好的習慣，努力學習，通曉事理，那麼到二十歲的時候就可以具備完善的人格。想到我們很快就會二十歲，真是可怕。

可是史黛西小姐下午為什麼來這兒呢？」

「那就是我要告訴你的，安妮。史黛西小姐打算，為你們高年級的學生成立皇后學院入學考的升學班，她會利用放學後的時間幫你們做課後輔導，她特地來問馬修和我是不是願意讓你參加。你自己的想法呢？想不想念皇后學院，將來當老師？」

「噢，瑪麗拉！」安妮挺起身來跪著，緊握著瑪麗拉的手，「這是我一生的志願。我想要當一名教師。不過，上大學不是要花很多錢嗎？」

「錢的事你不必擔心。馬修和我領養你時，就決定會盡力讓你受到良好的教育。我覺得一個女孩應該要有自力謀生的本事。只要馬修和我在這裡，綠山牆農莊就是你的家，可是世事無常，誰也不知道將來會發生什麼事，最好還是早做打算。所以，如果你想考皇后學院，就去參加升學班吧，安妮。」

「噢！瑪麗拉，太感謝你了。」安妮誠摯地注視著瑪麗拉的臉龐，「我非常感激你和馬修。我一定會用功讀書，不辜負你們的期望。」

「一切都會順利的。史黛西小姐說你很聰明又勤奮。」瑪麗拉不願把史黛西小姐對安妮的稱讚全都告訴她，以免讓她萌生虛榮心。

皇后學院的升學班成立了，吉伯特．布萊思、安妮．雪麗、露比．吉利、珍．安德魯、喬西．派伊、查理．史隆和慕迪．麥克弗森都有參加。唯獨黛安娜．貝利沒有參加，她的父母不打算送她到皇后學院去深造。這對安妮來說簡直太不幸了。那天傍晚，升學班的第一次課後輔導開始前，安妮看著黛安娜和其他同學慢慢步出教室，孤零零地穿過「白樺小徑」和「紫羅蘭溪谷」，只能坐在座位上不動，盡力壓抑自己想要出去追好朋友的衝動。這時她突然感覺喉嚨哽咽，便趕緊舉起攤開的拉丁語課本遮住臉，不讓人看見她眼睛裡滾動的淚珠。

「那一刻我覺得我嚐到了生離死別的痛苦。」那天夜裡，安妮悲哀地對瑪麗拉說，「如果黛安娜也參加升學班，該有多好啊！還是林德太太說得對，我們生活在這個不完美的世界裡，無法指望諸事圓滿。另外，我覺得升學班非常有趣。珍和露比也想攻讀師資培育的課程。露比說她畢業後會先教兩年書，然後就打算結婚。珍說她的志願是終生教書，她決定不結婚，因為教書可以拿到薪水，而婚後丈夫並不會支付工資給她。喬西．派伊說，她上大學純粹是為了受教育，因為她用不著自謀生計。慕迪想當一名牧師。查理．史隆想進入政界。」

「吉伯特呢？」瑪麗拉問道。

「我不知道他一生的抱負是什麼。」安妮滿臉鄙夷地回答。

吉伯特和安妮之間的競爭早已眾所皆知，以前是安妮單方面視他為競爭對手，如今吉伯特顯然也想要和安妮爭第一，升學班的同學都知道他倆高人一等，不想跟他們一爭高下。

自從安妮那天在池塘邊拒絕原諒他後，吉伯特已經清楚表態他將無視安妮的存在了。他跟其他女生有說有笑、交換書籍，並一起探討難題、討論功課和計畫，唯獨對安妮視而不見。而安妮也發現被人忽視的滋味真不好受，她假裝滿不在乎，私底下卻發現自己對吉伯特多年的怨恨早已煙消雲散。池塘邊那一次，其實她就已經默默寬恕他了。安妮真希望當時自己接受了他的懇求，不過並沒有人知道她內心的後悔！

在繁忙的課業和責任中，冬天很快地過去了。春回大地，風光明媚。一到這時候，課業就變得有些乏味，同學們失去了學習熱情和衝勁，所有人變得懶洋洋。老師和學生們都在等待學期結束，盼望著玫瑰色的暑假到來。

「這學期各位都很用功，」史黛西小姐在最後幾天上課時對學生們說：「你們應當好好享受這個暑假，盡情地到戶外活動身心，鍛鍊健康的體魄，積蓄滿滿的活

力，為明年最後的衝刺做好準備。那將是一場戰鬥，入學考之前的最後一年。」

「下一個年度你還會回到學校裡來嗎，史黛西老師？」喬西．派伊問道，她向來愛發問，這回她問了一個沒人敢問的問題，大家倒很感激她。

「是的，我會回來的。」史黛西小姐說，「我本想接受另一所學校的聘雇，但我最後還是決定留下。老實說，我越來越喜歡你們了，所以我要留下來陪你們順利升學。」

那天晚上回到家，安妮把她所有的課本塞進閣樓的一個舊皮箱裡鎖上。「我埋首苦讀了整個學期，暑假裡我不打算看課本了。在夏天我要沉迷在幻想世界，深深地沉醉其中。我要好好享受這個暑假，這或許是我作為小女孩的最後一個暑假了。之後再相信仙女什麼的，恐怕就不可以了吧。所以這個暑假我要盡情發揮我的想像力，讓它自由飛翔。」

第二天下午林德太太來了，她問瑪麗拉，為什麼星期四沒去婦女援助會。

「星期四馬修的心臟病發作，情況很嚴重，」瑪麗拉解釋說，「我不能離開他。現在他好多了。不過他犯病的次數多了，我真擔心。」

林德太太和瑪麗拉舒舒服服地坐在客廳裡，這時安妮端上來茶水，送上熱餅乾。「我必須說，安妮已經是一個聰明伶俐的大女孩了。」林德太太說，「她真是你的得力助手。」

「是的，」瑪麗拉說，「現在她確實是穩重可靠，什麼事情我都可以很放心地交給她。」

「三年前我第一次在這裡看見她的時候，萬萬沒有想到她會這麼乖巧懂事。我應該永遠忘記她那次大發脾氣的情景！」林德太太說，「安妮在這三年的進步叫人吃驚，而且已經出落成一位俏麗的女孩了。雖說我不喜歡肌膚蒼白和眼睛大大的女孩，覺得像黛安娜．貝利或露比．吉利那樣充沛活力和有血色的女孩比較好看。但是當安妮和她們站在一起時，儘管外貌不及她們艷麗，但相形之下，她們卻顯得有點平庸和過分矯飾─安妮就像大紅芍藥花叢中的白水仙一樣。」

整個美好的夏季，安妮和黛安娜徜徉在「情人小徑」、「仙女之泉」、「柳池」和「維多利亞島」，散步、划船、採漿果，盡情沉浸於幻想。

九月來臨時，她的眼神堅定，渾身充滿壯志和熱情。

「我要全力以赴地學習了！」她從閣樓上把課本拿下來時宣布，「親愛的老朋友，我很高興又看到你們了—即使是你這本幾何學也不例外。我度過了一個美好的夏天。瑪麗拉，我又長高了兩吋，你給我的墨綠色新衣服還縫上了漂亮的荷葉邊，我感到非常心滿意足。」

史黛西小姐再次回到艾凡利學校，發現所有的學生又開始埋頭學習了，特別是升學班的學生，因為入學考就在明年年底，在大考陰影的籠罩下，每個人的心情都沉重無比。若是沒考上怎麼辦？安妮整個學期都在想這件事，然而這個學期過得和過去一樣快樂、忙碌。學校課程像以前一樣有趣，班上競爭像以前一樣激烈。新鮮的想法、態度、抱負和知識領域，一件件在安妮眼前熱切展開，拓展了她的視野與格局。

這不得不歸功於史黛西老師教導有方，膽大心細。她引導學生勇於探索，鼓勵同學獨立思考，另闢蹊徑，別總是走前人的老路。這種創新作風嚇壞了學校的董事，他們向來主張遵循傳統，對新觀念抱持懷疑。

除了學業之外，安妮的社交生活也更開闊了。瑪麗拉不再反對安妮偶爾外出，辯論社舉辦了好幾場音樂會，乘坐雪橇和溜冰活動更是家常便飯。

安妮的個子也像雨後春筍一般長得飛快。有一天瑪麗拉和她並排站著，驚訝地發現這個女孩比她還高，嚇了一跳。瑪麗拉對安妮的身高有一種莫名的失落感。她一直喜愛的那個小女孩忽然不見了，取而代之的是眼前這個若有所思、落落大方、身材修長的十五歲大女孩。瑪麗拉對這個大女孩的愛，和她對那個小女孩的愛一樣，可是她的心裡悵然若失。

「安妮已經變成一個大女孩，也許下一個冬季就要離開我們了。我會非常想念她的。」瑪麗拉這樣對馬修說。

「她還是可以常常回家嘛！」馬修安慰瑪麗拉說。在他看來，安妮永遠是四年前，他從火車站帶回家來那個熱情的小女孩。

安妮看上去更穩重、成熟，考慮的事情多了。幻想雖然常有，但話語卻少了許多。瑪瑞拉注意到了這個變化，便問道：「安妮，你不像以前那樣嘰嘰喳喳說話說個沒停，驚人之語也變少了。這究竟是怎麼一回事？」

安妮臉紅了。「我不知道。可能我不想講那麼多了，」她若有所思地說，「把一些美好而可貴的念頭像寶貝一樣藏在心底更好。我不想說出來受到嘲笑和讓人大驚小怪。而且現在有許多要學、要做、要想的事情，根本沒時間說那些空話。史黛西小姐說，簡潔的語句更有說服力，她訓練我們寫文章盡量簡單。」

「再過兩個月就入學考了，你覺得自己考得上嗎？」瑪麗拉問。

「不知道。史黛西老師給我們非常完整的訓練，儘管如此，還是有可能考不上。我們每個人都有不擅長的科目。我當然是幾何學，珍是拉丁文，露比和查理是代數，慕迪覺得自己的英國史一定會考得很糟。史黛西老師說，六月要給我們考個模擬考，讓我們可以大概預測自己是否考得上。」

安妮嘆了口氣，清風和藍天在向她招手，花園裡不斷竄出嫩芽，她把眼光從窗外明媚的春天拉回書本。

六月底，學期結束了，史黛西小姐也結束了在艾凡利學校的教職。

「好像一切都結束了，是不是？」黛安娜喪氣地說。

「九月你還會回學校，我大概得永遠離開親愛的母校了——如果運氣好的話。」安妮沮喪地說。

「就算回來也不一樣了。史黛西小姐離開，你、珍或露比也可能不在。我將孤零零自己一個人坐了，因為除了你以外，我無法忍受和別人坐在一起。我們有過許多快樂時光，想到這一切都將過去了，真讓人傷心。」說著說著，兩顆豆大的淚珠從黛安娜的眼眶滾落。

考試如期結束，安妮焦急地等待著錄取名單。等了三個星期，終於，有一天晚上傳來了好消息。黛安娜急衝衝地來找安妮，手裡握著一份報紙，不停顫動，「安妮，你考取了！」她嚷著，「榜首！你和吉伯特兩個人都是最高分，你排名第一。啊，我真以你為傲！」

安妮拿火柴想要點燈，可是顫抖的雙手劃了六根火柴才點亮油燈。她抓起報紙一看。是的，她考取了，高居榜首。那一刻讓人覺得所有努力都值得了。

她們在田裡找到馬修，林德太太碰巧站在籬笆邊和瑪麗拉談話。

安妮大聲嚷道：「馬修，我考取了！榜首，榜首之一！我太高興了！」

馬修開心地盯著榜單說，「啊，我就知道你絕對沒問題！」。

「你表現得非常好，安妮。」瑪麗拉說道。

「我們大家都以你為榮。」林德太太由衷地說。

接下來的三個星期，綠山牆農莊的大人忙裡忙外，為安妮到皇后學院做準備。馬修為她張羅了許多漂亮的服裝，瑪麗拉按照艾倫太太的建議買來一塊淡綠色的布料，準備請最好的裁縫給安妮做一套小禮服。

一天傍晚，安妮特別穿上小禮服，並為馬修和瑪麗拉朗誦《少女的誓言》。瑪麗拉看著她那機伶的臉龐和優雅的舉止，不禁回想起安妮初到綠山牆農莊的那天傍晚，那畫面令瑪麗拉不禁流下淚水。

「噢！我的朗誦使你感動得落淚，瑪麗拉。」安妮輕輕吻了一下她的臉頰。

「不，我不是為了你的詩落淚的。」瑪麗拉說：「我只是忍不住想起你以前還是個小女孩的模樣，安妮。我真希望你一直是個小女孩，即使沒有改掉那些古怪的行為也無所謂。現在你已經長大，就要離家念書了。你穿上這件禮服，看上去這麼漂亮，好像你從來不屬於艾凡利似的。想到這一切，我愈加覺得寂寞。」

「瑪麗拉！」安妮坐在瑪麗拉的腿上，嚴肅而溫柔地看進瑪麗拉的眼睛。「我一點兒也沒變——沒有真的改變。不管我到哪裡，外表怎麼改變，永遠都是您的小安妮。在我有生之年，每天都會更愛您和馬修一些，還有親愛的綠山牆農莊。」

瑪麗拉伸出手臂緊緊摟住她的小女孩，好似盼望安妮永遠不要離開。

馬修的眼眶濕了，他站起身來，走向門外。「我應該沒有寵壞她。」他驕傲地喃喃說道，「她聰明伶俐，還有一顆溫柔的心。這比什麼都重要。她是上帝恩賜給我們的，幸好當初史賓瑟太太搞錯了。」

安妮離家的日子終於到來。在九月一個晴朗的早晨，她和黛安娜痛哭流涕地分手，又靜靜地和瑪麗拉道別後，就和馬修趕著馬車出發了。安妮走後，黛安娜擦乾眼淚，和她的表兄妹一起去野炊，總算還能強顏歡笑度過；而瑪麗拉忍著劇烈的頭痛，整天拚命地做家事，晚上臨睡時卻忍不住痛哭失聲。

安妮在新學校裡的第一天既忙碌又興奮。她和吉伯特都選擇了二年級的課程，這意味著只需一年、而非兩年就能取得一級教師執照，同樣也意味著他們必須付出更多的努力。班上除了吉伯特，安妮誰也不認識，不免感到孤單，然而她仍很高興他們倆同班，因為兩人的競爭還可以延續。

「吉伯特，他的下巴多好看呢，以前我從未注意到。」安妮想，「我真希望珍和露比也在這個班。我不知道這幾個女孩哪個會成為我的朋友，這真是個有趣的猜測。當然，我決不會像愛黛安娜那樣愛這裡的任何女生。」

安妮住在學校附近的一間公寓裡，那是約瑟芬姑媽為她找的。當她想起自己在綠山牆農莊的小房間，喉頭忍不住哽咽。「我絕不哭。下個星期五我就要回家了。不過那好像是一百年後的事。現在馬修應該快到家了，瑪麗拉會倚在大門邊等他回家……六滴，七滴，噢，眼淚怎麼止不住？」

安妮打算爭取皇后學院的首席畢業獎，而且當她從喬西那兒得知學院另外提供了一份艾弗瑞獎學金，在一學年課程結束後，由英語和英國文學最高分的學生獲得，於就讀瑞蒙學院四年期間，每年都會有兩百五十加幣的獎學金，她又下了決心：「我一定要爭取那份獎學金，進入瑞蒙文學院就讀，那是我的下一個目標。我很高興我有這麼多等待實現的理想，這樣會讓生活變得有趣極了。」

第九章　峰迴路轉

每個週末都回家的安妮漸漸不太想家了。每週五傍晚，只要天氣晴朗，來自艾凡利的學生都會搭乘最新鋪設完成的鐵路支線回家。黛安娜和其他同學通常都會在車站迎接，大夥一起開心地走回艾凡利。他們在清新的空氣中走過夕陽籠罩的山丘，遙望前方溫暖的燈光閃爍，安妮認為週五的黃昏是一週當中最珍貴的時刻。

安妮對吉伯特不帶任何男女間不該有的傻念頭。偶爾想到男生的時候，她只覺得他們可能會是不錯的夥伴。如果她和吉伯特成為朋友，她不會在意他交多少朋友，或是陪誰回家。他天生就有呼朋引伴的魅力，也已經結交許多女性朋友。不過她覺得，若能擁有男性朋友，所謂的友誼才算完整，判斷和觀點也比較全面。她和吉伯特或許可以一起談天說笑，聊聊身邊的事物和未來的理想抱負。吉伯特是個聰明的年輕人，對一切事物都有獨到的見解，而且下定決心創造一個最燦爛的人生。

在學校裡，安妮吸引了一小圈像她一樣有思想、想像力豐富的朋友。像是「蘋果臉」史泰拉、「夢幻女」普莉希拉，後來她才發現原來「夢幻女」調皮又風趣，

活潑的史泰拉反倒滿腦子夢幻，與安妮自己的幻想世界一樣多彩多姿。

聖誕假期過後，來自艾凡莉的學生決定週五不回家，留在學校裡溫習功課。此時皇后學院的學生漸漸找到自己的定位，每個班級也培養出不同的特質與風氣。大家公認的首席畢業生競爭者僅剩下三位：吉伯特、安妮和路易，而艾弗瑞獎學金就比較不確定了，只知道可能獲獎的有六位。史黛西老師的得意門生進入皇后學院之後，個個都表現不俗。

安妮按部就班地用功讀書，她和吉伯特的競爭仍和過去在艾凡利學校一樣激烈，不過過去的怨恨已經消失，安妮不再是為了打敗吉伯特，而是為了與可敬的對手較量後的自豪感。獲勝自然開心，但即使輸了，她也不再覺得難以忍受。

雖然課業繁重，但學生們還是找得到放鬆的機會。安妮經常去找約瑟芬姑媽，週日就陪她一起上教堂、吃午餐。約瑟芬姑媽雖然越來越老了，但她的黑眼珠和舌頭依然犀利，不過她從不批評安妮，畢竟安妮一直是這位夫人心中的最愛。

然後在不知不覺中，春天再度降臨大地。在艾凡利，淺紅色的五月花紛紛從將融未融的雪地裡冒出來；樹林和山谷間蒙上一層「綠色迷霧」。然而在皇后學院，學生心裡想的、嘴裡談的都只有考試。

那天上午，皇后學院的布告欄裡公布了大考的各科成績。

「吉伯特真棒，獲得了第一名！」人群裡歡呼著。

安妮心裡頓時感到一陣失望。不過，接著她就聽到了更美妙的一句話：

「為艾弗瑞獎學金得主雪麗小姐歡呼！」

畢業典禮到了。馬修和瑪麗拉也來了，他們的眼睛和耳朵始終只注意著臺上的一位學生——一位高個兒、腮幫微紅、目光炯炯的女孩，她朗讀了一篇十分精彩的散文，人們指著她交頭接耳地說：那就是艾弗瑞獎學金的得主。

「我想，你應該很欣慰我們當初收留她吧，瑪麗拉？」馬修悄聲說。

「我又不是第一次感到欣慰了，」瑪麗拉回答道，「你就喜歡翻舊帳，馬修。」坐在他們後面的約瑟芬姑媽用她的陽傘戳了一下瑪麗拉的背，「安妮真是你們的驕傲，對吧？」

當晚，安妮隨馬修和瑪麗拉一起回到艾凡利。蘋果樹上花朵盛開，大地一片清新。她從四月開始就沒回過家，黛安娜在綠山牆農莊迎接她。安妮環顧久違的家園，幸福地深吸了一口氣。

「你實在太棒了，安妮。我想，既然你得了艾弗瑞獎學金，就不會去教書了吧？」黛安娜問。

「不教書啦！九月份我要去瑞蒙學院就讀。等我結束了三個月可貴而愉快的暑假，我又會有一堆新的抱負和目標。」

「新橋學校的理事會要聘用珍，」黛安娜說，「吉伯特也準備教書。他不得不這樣做。他的父親沒有那麼多錢供他上大學。他準備自己賺錢完成大學學業。他可能回到艾凡利學校來教書。」

安妮很驚訝而且頓時感到一陣悵然。她還以為吉伯特也會到瑞蒙學院就讀，那就可以延續他們之間的競爭。少了吉伯特，就算未來拿到大學學位，念起書來豈不是也很乏味？

第二天早上吃飯時，安妮突然發現馬修的氣色很不好，他看起來比一年前蒼老多了。瑪麗拉不安地告訴安妮：「馬修的身體狀況不太好。今年春天，他的心臟病發作了好幾次，可是他還是一刻也不肯停歇。我們雇用了一位能幹的幫工，這樣馬修就可以多休息一點，逐漸恢復健康。現在你在家，他也許就會好起來了。你總是能使他心情愉快。」

安妮溫柔地說：「你看起來也不大好，瑪麗拉。你看起來很疲倦，恐怕是太操勞了。既然我回來了，你一定要好好休息。今天我先到幾個心愛的老地方重溫一下舊夢，然後你就把工作交給我吧！」

瑪麗拉朝她的女孩露出慈愛的笑容。

「不是操勞的疲倦，是我常犯頭痛——在我的眼窩後面。我會儘快去看一下眼科醫生。對了，最近你聽說艾比銀行的事了嗎，安妮？」

「我聽說它情況不妙。」安妮說，「怎麼啦？」

「林德太太正是這麼說的。馬修很擔憂，我們的積蓄全存在那家銀行裡。聽了林德太太那番話後，我要馬修立刻去把我們的錢取出來，他說他要考慮考慮。畢竟艾比老先生是他父親的一位好朋友，所以馬修總是把錢存在那兒。」

「艾比老先生老了，現在是他的侄子掌管那家銀行。」安妮說。

安妮在戶外度過了美好的一天。她永遠記得那一天，陽光燦爛、百花齊放，空氣明淨。安妮在果園裡待了很久，她來到「仙女之泉」、「柳池」和「紫羅蘭溪谷」；她還拜訪了牧師和艾倫太太；最後，傍晚時分，她和馬修一起穿過「情人小徑」，將母牛趕到牧場上。馬修低著頭慢慢地走著，身形修長的安妮放慢跳躍的腳步和他一同走著。

「今天你工作太賣力了，馬修，」安妮責備地說，「為什麼不閒著點兒呢？」

「嗯，我似乎閒不下來，」馬修說道，「雖然我明知道歲月不饒人。」

「如果我是你們託人領養的那個男孩，」安妮若有所思地說：「現在我就可以幫你不少忙。我多希望自己是個男孩啊！」

「我寧願要你，也不要一打男孩，安妮。」馬修拍了拍她的手說，「請你記住，我情願要你。而且得到艾弗瑞獎學金的不是個男孩吧？是個女孩啊。我的小安妮，我為你感到自豪。」馬修露出羞怯的笑。

那晚，安妮走進他們的屋子，把他那笑容牢記在心裡。她坐在敞開的窗邊許久，回想著往事，憧憬著未來。她永遠記得那一夜，銀色月光中的寧靜與芬芳氣息，這是哀愁觸動她生命之前的最後一夜。

「馬修——你怎麼啦？」

瑪麗拉語氣惶恐地驚呼！安妮穿過客廳走來，手捧白水仙，正巧聽到瑪麗拉

的聲音，她看到馬修站在走廊門口，手裡捏著一張報紙，臉色灰白。不等她們倆來到他身邊，馬修就倒在門檻上了。

雇工馬上動身去請醫生，路過果園坡時把這消息告訴貝利夫婦和剛好在那兒的林德太太，他們三人匆匆來到，看見安妮和瑪麗拉正急於想讓馬修恢復知覺。

林德太太試了試馬修的脈搏，將耳朵貼在他的胸口聽了聽。她悲哀地看著瑪麗拉和安妮焦急的臉，眼裡湧出淚水，「唉，瑪麗拉，沒辦法救了。」

醫生來了，他說馬修很可能是受到突然的打擊而當場休克身亡，而這個打擊正是馬修手裡捏著的報紙，上面報導了艾比銀行倒閉的消息。

馬修逝世的消息傳遍了艾凡利村，朋友和鄰居整天聚集在綠山牆農莊，好心地為往生者和傷心的家屬忙碌著。靦腆安靜的馬修．卡伯特第一次成了眾人的焦點。

寂靜的夜幕輕輕籠罩著綠山牆農莊。馬修躺在他的靈柩裡，面容平靜，唇角還含著一絲和善的笑意，彷彿他只是睡著了，正在做著愉快的美夢。他的周圍放滿了他生前最愛的香花——是他母親嫁來後親手種在園裡的，安妮採了許多鋪在他身邊。

「安妮，你要我今晚陪你睡嗎？」黛安娜輕輕地問。

「謝謝你，黛安娜。」安妮真誠地凝視著她，「我想一個人靜一靜，試著理解這件事。我至今仍無法相信馬修已經死了，但又感覺他似乎已經死了好久。這種可怕的感覺在我心裡隱隱作痛。」

黛安娜體貼地離開了。瑪麗拉在這場突發事件面前，一反她保守和壓抑的個性，痛哭流涕。安妮卻是無淚的悲傷。她竟然沒有為馬修掉下一滴淚，她這麼愛馬修，馬修也這麼疼愛她，只是失親的悲傷仍不時地刺痛她的心，直到她由於白天的痛苦和緊張疲累地沉沉睡去。

夜裡，安妮悠悠醒來，周圍一片漆黑寂靜，悲傷的波浪陣陣襲來。她彷彿看見馬修向她微笑的臉，就像前一天晚上他們在大門口分別時，他向她微笑一樣。她依稀聽見他說：「我的小安妮，我引以為傲的好女孩。」安妮的眼淚湧了出來，痛哭失聲。

瑪麗拉聽到聲音，悄悄走進來安慰她：「乖，別哭了，親愛的。人死是不能復生的。」

「噢，讓我哭吧！」安妮泣不成聲，「眼淚不像心裡的痛那樣使我難受。陪我一會兒吧。我不要黛安娜陪我，她善良、溫柔，可是這不是她的悲痛。這是我們的傷心事——你的和我的。噢！瑪麗拉，沒有他，我們以後該怎麼辦呢？」

「我們還有彼此，安妮。如果你不在這兒，我會手足無措的。我愛你，你就像我的親骨肉一樣。自從你來到綠山牆農莊，便一直是我的歡樂和安慰。」

兩天以後，他們抬著馬修．卡伯特的靈柩跨過農莊的門檻，離開他耕耘過的土地、他愛過的果園和他親手種植的樹木。然後，艾凡利村又恢復了往日的平靜。初次領略哀傷的安妮感到難過，缺少了馬修，她們居然能夠照舊繼續生活。她發現自己望著冷杉樹林後面的日出和花園裡淡紅色的花苞時，心中仍能湧起過去的那樣狂喜，黛安娜的拜訪也總是使她感到愉快。總之，花草、愛和友情仍然刺激她的想像力，美好生活仍然執著地呼喚著她，這使她有點內疚和羞愧。

安妮把這個疑惑告訴艾倫太太，「馬修過世之後，我一直覺得要是我快樂的話，就是背叛他。」她憂愁地說：「我好想念他，可是我覺得人生美妙又有趣。就像今天黛安娜說了一件滑稽的事，我聽了哈哈大笑。我以為自己永遠笑不出來了。我總覺得自己好像不應該笑。」

艾倫太太溫和地說：「馬修生前最喜歡看到你快樂的樣子，現在他雖然離開了，仍然會希望你快樂。我們不該關上心扉，拒絕大自然給予我們治癒創傷的美好。不過我理解你的感受。當我們所喜愛的人再也不能與我們同享歡樂時，就會感到難過，等我們找回生活的樂趣，又覺得好像對不起他們。」

「今天下午，我在馬修的墓前種了一株玫瑰，」安妮神情恍惚地說，「我種活了一枝他母親很久以前從蘇格蘭帶來的玫瑰；馬修最喜歡那些玫瑰花，小巧玲瓏、香氣襲人。我希望他在天堂裡也有那樣的玫瑰花。現在我要回家了。瑪麗拉一個人待在家裡，黃昏的時候她會感到寂寞的。」

「等你又離開她去上大學時，恐怕她會更寂寞。」艾倫太太說。

安妮沒有回答；她道了一聲晚安，慢慢地走回綠山牆農莊。瑪麗拉正坐在門前的臺階上，安妮在她身邊坐了下來。

「史賓瑟醫生來過了，他要我明天到鎮上去找專家檢查一下眼睛。」瑪麗拉說。

「去吧，瑪麗拉。家裡的事交給我。我不像小時候常惹麻煩了，你不用擔心。現在許多事都變了。看，我的雀斑消失了，我的頭髮也成了紅褐色，只有喬西·

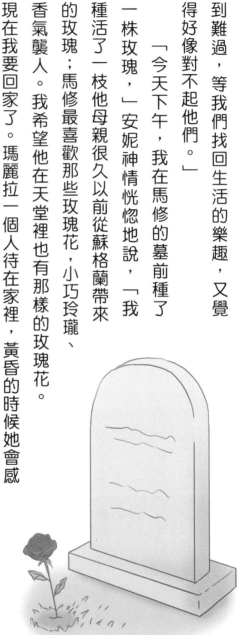

派伊還瞎說我的頭髮更紅了。」

「喬西打算教書嗎？」瑪麗拉問。

「不，明年她要再返回皇后學院。慕迪．麥克弗森、查理．史隆也是。珍和露比要去教書。」

「吉伯特也準備教書，是嗎？」

「是的。」

「他是個多麼英俊的小伙子啊！」瑪麗拉心不在焉地說，「他很像他父親當年的樣子。約翰．布萊思以前也那麼英俊。我們曾是真正的好朋友。他和我。人們總說他是我的情人。」

安妮一下子來了興致，「啊，瑪麗拉，後來怎麼樣了？為什麼你們沒有……」

「我們吵了一架。當他請求我原諒時，我不肯。因為我打算過一陣子再原諒他。但他再也沒有回來。我總覺得……非常遺憾。」

「這麼說，你這輩子也有過浪漫的經歷。」安妮輕輕地說。

「是的。看我的模樣不像吧！每個人都忘記我和約翰的事了，就連我自己也淡忘了。可是上個禮拜天當我看見吉伯特時，我又回想起了過去的一切。」

幾天後，瑪麗拉到鎮上檢查眼睛，直到傍晚才回到家裡。

「醫生檢查了我的眼睛。他說，如果我完全停止看書和做針線活，也注意不掉眼淚，再戴上他配的眼鏡，我的眼睛也許就不會再壞下去，頭痛毛病也會消失。不然，在六個月之內我就會瞎掉。瞎掉！安妮。」

安妮驚愕地叫了一聲，陷入了片刻的沉默，接著哽咽地說：「瑪麗拉，別這麼想。這代表有希望啊。小心保護眼睛就好了。頭痛也會因此治癒，多了不起。」

「我不認為這代表有希望。」瑪麗拉痛苦地說：「要是我不能看書和做針線活，我活著有什麼意義呢？我寧可瞎掉。不說了，這事再說也沒用。不要對別人說起這事，我受不了人家問長問短的。」

黑暗中，安妮獨自坐在窗口。自從畢業返家那夜坐在窗前以來，很多事情已經改變了。那晚她充滿了歡樂和希望，前途光明，如今卻好像過了好多年。不過，在上床之前，她的嘴角已經露出笑意，心情也平靜了。她決定勇敢挑起她的責任，把責任當成她的好朋友。

幾天之後，瑪麗拉對安妮說了一個決定，「我打算賣掉綠山牆農莊，安妮。有人來看過了，他打算買下農莊。」她眼中含淚說著。

「你絕不能賣掉綠山牆農莊！」安妮堅決地說。

「我也不想賣掉，安妮，可是我無法獨自留在這兒。煩惱和寂寞會把我逼瘋的。而且我會失明。」

「你不必獨自待在這兒，瑪麗拉。我要和你在一起。我打算放棄艾弗瑞獎學金，不去瑞蒙學院了。」

「不去瑞蒙學院！」瑪麗拉看著安妮，「什麼意思？」

「你去檢查眼睛回家的那天夜裡，我就這麼決定了。幾年來你為我費了那麼多的心力，瑪麗拉，我當然不能丟下你一個人。貝利先生想在明年租下我們那片農田，這樣你就不必太操心了。另外，我打算教書。這裡的學校已經答應聘請吉伯特．布萊思，但我可以到卡莫迪學校去。不過我還是可以住在家裡，唸書給你聽。你不會感到乏味和寂寞的。我們一起待在這裡，我們會過得非常舒適和幸福的。」

「唉，安妮，如果你在這兒，我的生活確實會過得很好。可是我不能讓你為我做出這麼大的犧牲。」

「沒什麼犧牲不犧牲的。」安妮快活地笑了，「沒有什麼比放棄綠山牆農莊更糟糕、更令我傷心。我們一定要守護住這親愛的老地方。我的心意已決，瑪麗拉。

我不打算去瑞蒙學院了，我要留在這兒教書。你一點兒也不用為我操心。」

「可是你的抱負……」

「我還像以前一樣雄心勃勃，我不過是改變了目標：做一名出色的教師。我要挽救你的視力。當我離開皇后學院時，我的未來像一條筆直的道路在我面前延展，沿路可以有許多里程碑。現在路上有了彎道，我不知道拐個彎會看到些什麼，但是我相信那裡有值得期待的景致。那條彎道自有它的迷人之處。我不知道拐過去的道路通向哪裡，是否還有許多彎道、山丘和山谷，但是我會勇敢前行。只要一想到我能留在心愛的綠山牆農莊，我就由衷地感到高興。誰也不會像你和我這樣愛它，所以我們非把它留在手裡不可。」

「你這個捨己為人的女孩！」瑪麗拉開始同意了，「你好像給了我新的生命。」

一個黃昏，安妮和瑪麗拉坐在門口，清新的空氣裡充滿著薄荷香味。這時，林德太太來串門子說了一個好消息。

「安妮，你就要在艾凡利教書了，理事會決定把這份工作機會給你。」

「林德太太！」安妮驚愕地一躍而起，「不是給了吉伯特．布萊思嗎？」

「吉伯特聽說你申請，就撤回了自己的申請，並建議讓你執教。他打算到白沙鎮去教書。當然啦，他放棄這所學校純粹是為了滿足你的願望，他知道你很想和瑪麗拉待在一起。他確實是個心地善良的孩子。這真是無私的犧牲，因為這麼一來，他就得支付在白沙鎮的膳宿費用，同時還要存錢念大學。所以，理事會決定要聘請你了。」

「我覺得我不該接受，」安妮說，「我的意思是，不該讓吉伯特為我做出這麼大的犧牲。」

「他已經和白沙鎮的學校理事會簽了合同，你拒絕的話也不會給他帶來任何好處。」林德太太說。

第二天，安妮為馬修的墳墓換上新鮮的花束，又幫蘇格蘭玫瑰澆了水。她在那兒徘徊到黃昏，她喜歡那一小片地方的靜謐和安寧。

「親愛的世界，」她低聲說，「我能生活在您的懷抱裡，真是非常美好，非常快樂。」

下坡的路上，安妮看見一位高個兒的小伙子正吹著口哨走出布萊思家的大門。吉伯特認出安妮時，彬彬有禮地抬了抬他的帽子，不過，如果安妮沒停住腳步伸出手去的話，他會一言不發地從她身邊走過去。

「吉伯特，」她緋紅著臉說：「謝謝你為了我放棄這所學校。你人太好了。我想讓你知道我對此非常感激。」

吉伯特熱情地握住安妮伸出的手，

「我很高興能給你一點幫助。以後我們能不能成為朋友？你真的原諒我了嗎？」

「其實在那天在池塘邊我就原諒你

了，只是我自己並不知道。那時我真是個倔強的小傻瓜。我一直……挺後悔的。」

「我們生來就該成為好朋友的。」吉伯特興高采烈地說，「來，我送你回家吧。」

安妮走進廚房時，瑪麗拉好奇地看著她。

「和你一起從小路走來的是誰，安妮？」

「吉伯特．布萊思，」安妮臉紅著回答，「我在貝利的山丘遇到了他。」

「沒想到你和吉伯特竟然那麼要好，你站在大門口和他談了半個鐘頭。」瑪麗拉微笑著說。

「我們以前關係並不好，我們曾經是死對頭。可是我們將來會成為好朋友的。我們真的在那兒站了半個鐘頭嗎？我怎麼感覺只有幾分鐘？不過，我們是要把五年來失去的交談機會追回來呢，瑪麗拉。」

那天夜裡，安妮懷著喜悅的心情在窗口坐了許久。星星在山谷的樹梢上眨著眼睛，黛安娜房裡的燈光在不遠處閃爍著。

自從安妮從皇后學院畢業返家那一夜之後，她的道路變窄了；可是她相信，幸福的花朵會一路綻放。人生的道路總有峰迴路轉的時候。

「感謝上天，願一切安好。」安妮輕聲低語道。

照片來源：Wikimedia Commons

1. 《清秀佳人》演員在綠山牆博物館前，愛德華王子島的卡文迪許 (Cavendish)
攝影者：Smudge 9000，來自英國北肯特郡海岸
日期：2007.10.4
來源：綠山牆博物館 (Anne of Green Gables Museum)

2. 本書作者蒙哥馬利女士
攝影者：不詳
日期：1897-1901
來源：掃描自書籍《露西 . 莫德 . 蒙哥馬利的早年生活》(Maud: the early years of L.M. Montgomery)，作者 Harry Bruce，Nimbus 出版，Halifax，北加拿大，2003，93 頁。

3. 愛德華島風光
攝影者：Tony Webster（明尼阿波利斯，明尼蘇達州）
日期：2015.9.21
來源：渥德群島 (Wood Islands) 普寧角 (Point Prim) 燈塔，愛德華王子島

4. 本書作者蒙哥馬利女士十歲時
攝影者：不詳
日期：1884
來源：http://207.61.100.164/cantext/canlitr/montgome.html

5. 蒙哥馬利女士的故居，Leaskdale Mause (Uxbridge)，安大略省，加拿大。
蒙哥馬利女士在她一生出版的 22 件作品中，有 11 件作品在此完成。1996 年被指定為加拿大國家歷史遺址。
攝影者：Double Blue
日期：2008.3.13
來源：Skeezix 1000
使用 Commons Helper 免費媒體庫

6. 綠山牆農莊，此照片為加拿大文化遺產，編號 11370，加拿大歷史名勝名錄
攝影者：Markus Gregory
日期：2014.6.8

7. 綠山牆農莊
攝影者：Chensiyuan
日期：2006.7.21
來源：en.wikipedia to Commons

8. 《清秀佳人》的安妮房間
攝影者：Ewok Slayer
日期：2004.8.2
來源：en:Image:Green Gables Anne Room.jpg

以人為鏡，習得人生

正直、善良、堅強、不畏挫折、勇於冒險、聰明機智……
有哪些特質是你的孩子希望擁有的呢？
又有哪些典範是值得學習的呢？

【影響孩子一生的人物名著】

除了發人深省之外，還能讓孩子看見
不同的生活面貌，一邊閱讀一邊體會吧！

★ 安妮日記

在納粹占領荷蘭困境中，表現出樂觀及幽默感，對生命懷抱不滅希望的十三歲少女。

★ 清秀佳人

不怕出身低，自力自強得到被領養機會，捍衛自己幸福，熱愛生命的孤兒紅髮少女。

★ 湯姆歷險記

足智多謀，正義勇敢，富於同情心與領導力等諸多才能，又不失浪漫的頑童少年。

★ 環遊世界八十天

言出必行，不畏冒險，以冷靜從容的態度，解決各種突發意外的神祕英國紳士。

★ 海蒂

像精靈般活潑可愛，如天使般純潔善良，溫暖感動每顆頑固之心的阿爾卑斯山小女孩。

★ 魯賓遜漂流記

在荒島與世隔絕28年，憑著強韌的意志與不懈的努力，征服自然與人性的硬漢英雄。

★ 福爾摩斯

細膩觀察，邏輯剖析，揭開一個個撲朔迷離的凶案真相，充滿智慧的一代名偵探。

★ 海倫・凱勒

自幼又盲又聾，不向命運低頭，創造語言奇蹟，並為身障者奉獻一生的世紀偉人。

★ 岳飛

忠厚坦誠，一身正氣，拋頭顱灑熱血，一門忠烈精忠報國，流傳青史的千古民族英雄。

★ 三國演義

東漢末年群雄爭霸時代，曹操、劉備、孫權交手過招，智謀驚人的諸葛亮，義氣深重的關羽，才高量窄的周瑜……

影響孩子一生名著系列 22
清秀佳人
溫暖人心的女孩・逆境中樂觀進取
ISBN 978-986-96861-4-3 / 書 號：CCK022

作　　者：露西・莫德・蒙哥馬利 Lucy Maud Montgomery
主　　編：陳玉娥
責　　編：陳沛君、徐燕婷
插　　畫：鄭婉婷
美術設計：蔡雅捷、鄭婉婷
照片來源： Wikimedia Commons

出版發行：目川文化數位股份有限公司
總 經 理：陳世芳
行銷企劃：朱維瑛、許庭瑋、陳睿哲
法律顧問：元大法律事務所 黃俊雄律師
地　　址：桃園市中壢區文發路 365 號 13 樓
電　　話：(03) 287-1448
傳　　真：(03) 287-0486
電子信箱：service@kidsworld123.com
劃撥帳號：50066538

國家圖書館出版品預行編目 (CIP) 資料

清秀佳人 / 露西．莫德．蒙哥馬利作．-- 初版．--
桃園市 ： 目川文化， 民 107.12
面 ； 公分．--（影響孩子一生的人物名著）
ISBN 978-986-96861-4-3（平裝）

885.359　　107018087

網路書店：*www.kidsbook.kidsworld123.com*
網路商店：*www.kidsworld123.com*
粉 絲 頁：FB「悅讀森林的故事花園」

印刷製版：長榮彩色印刷有限公司
總 經 銷：聯合發行股份有限公司
地址：新北市新店區寶橋路 235 巷 6 弄 6 號 4 樓
電話：(02) 2917-8022
出版日期：2018 年 12 月（初版）
定　　價：280 元

建議閱讀方式

型式	圖圖圖	圖圖文	圖文文		文文文
圖文比例	無字書	圖畫書	圖文等量	以文為主、少量圖畫為輔	純文字
學習重點	培養興趣	態度與習慣養成	建立閱讀能力	從閱讀中學習新知	從閱讀中學習新知
閱讀方式	親子共讀	親子共讀 引導閱讀	親子共讀 引導閱讀 學習自己讀	學習自己讀 獨立閱讀	獨立閱讀